Egbert Sc

In Stein am Rhein fließt die Donau in den Tegernsee

Kurzgeschichten, Erzählungen, Anekdoten und ein Dialog

Bibliografische Information der Deutschen Nationalbibliothek
Die Deutsche Nationalbibliothek verzeichnet diese Publikation in der
Deutschen Nationalbibliografie; detaillierte bibliografische Daten sind
im Internet über http://dnb.d-nb.de abrufbar.

Bildnachweis
Cover-Foto: © Egbert Scheunemann

1. Auflage 2023

IMPRESSUM

© Egbert Scheunemann, www.egbert-scheunemann.de
Herstellung und Verlag: BoD - Books on Demand,
Norderstedt
ISBN: 9783757818784

Inhalt

Prolog

Dies ist meine vierte Sammlung von Kurzgeschichten, Erzählungen, Anekdoten und einem Dialog. In den Vorworten der bisher erschienenen drei Bände habe ich immer wieder damit kokettiert, Sie, liebe Leserinnen und Leser, etwas an der Nase herumzuführen mit der Frage, welche der geschilderten Geschichten der Realität entsprechen, welche nur teilweise und welche frei erfunden sind.

Nun, hier sei nicht kokettiert, sondern freiumwunden festgestellt: Der Realitätsgrad der elf Geschichten und des abschließenden Dialogs, die ich hier publiziere, ist massiv gestiegen – eine nicht geplante, aber post festum eben festzustellende Entwicklung, die wahrscheinlich vor allem dadurch zu erklären ist, dass die immer verrückter werdende Realität immer mehr lustige Vorlagen, schräge Anregungen und hier und da auch bittere Anlässe bietet. Man muss nur hinsehen. Nur Zeitung lesen. Seine Mitmenschen beobachten – und auch sich selbst.

Wahrscheinlich haben Sie mindestens genauso viele schräge, verrückte, amüsante oder auch kranke Geschichten in ihrem Leben erlebt wie ich – aber ich alter Schreibtischtäter tendiere wohl berufsbedingt, wenn nicht berufskrankheitsbedingt dazu, sehr viel schneller als Sie zur Feder, wenn nicht Tastatur zu greifen. Ich bin nun mal ein sozial eingestellter Mensch – an irren, lustigen, amüsanten, schrägen, extravaganten bis höchst unwahrscheinlichen, aber auch nachdenklich stimmenden Erlebnissen und Vorkommnissen lasse ich Sie doch gerne partizipieren. Geteiltes Leid ist halbes Leid. Geteilte Freude ist doppelte Freunde.

————————

Heute kein Lecks!

Die Macht der Gewohnheit. Ein ausgelutschtes Sprichwort. Abgeschmackt. Kennt jeder. Nicht der Rede wert. Aber sie treibt immer wieder neue Blüten.

Ich wurde mal wach von einem lauten Knall. Es klang wie Kopf auf Holzbrett. Und es war Kopf auf Holzbrett. Meine damalige Freundin sprang morgens, noch im Halbdämmer – was den Stand der Sonne betrifft wie auch den Zustand in ihrem noch schlaftrunkenen Kopf – aus dem Bett. Nur stand da, auf ihrer rechten Bettseite am Kopfende, seit gestern ein Kleiderschrank, der einen Tag davor noch nicht da stand. Meine Freundin, der Rückprall erleichterte es ihr ganz wesentlich, legte sich spontan wieder hin. Ich diagnostizierte, nun selbst hellwach, eine kleine Beule auf ihrer Stirn. Kaum der Rede wert. Nachdem der erste Schreck verflogen war, musste sie, also meine Freundin, lauthals lachen. Ich auch.

In meiner Stammkneipe, einer Taverne meiner Wahl, bestelle ich seit Jahrzehnten das Gleiche – ein Bier. Ein kleines Lecks in der Flasche. Gelegentlich auch zwei, wenn nicht – selten – tollkühn drei. Also nacheinander. Oft muss ich gar nichts bestellen, sondern das erste Lecks wird mir einfach auf den Tisch gestellt, noch bevor ich die Jacke ausgezogen habe und auf meinem Stuhl sitze. Top Service halt.

Und wie das so ist mit langjährigen Gewohnheiten, sie können, wenn man nicht aufpasst, zu Beulen am, wenn nicht Hohlräumen im Kopf oder auch zur Leberzirrhose führen. Nicht weil ein Blutwert beim letzten Test nicht hervorragend gewesen wäre, aus der Reihe getanzt hätte, gar massiv erhöht gewesen wäre – nein, ich wollte einfach so, prophylaktisch, wohl auch als katharische Prüfung, ob ich noch Herr meiner selbst bin, eine kleine Alkoholpause einlegen. Man, samt Hirn und Leber, kommt ja ins Alter. Man kann nie wissen. Letztlich. Wenn der Tatter erst mal anfängt, die Gedächtnislücken größer und häufiger werden, ist es meist schon zu spät. Mit der alters- wie alkoholbedingten Verblödung ist es ganz ähnlich: In der ersten Phase merkt man sie nur selbst, in der zweiten auch die anderen, in der dritten nur noch die anderen. Das sagte mal ein schlauer Mensch. Wohl einer vom Fach. Seinen Namen habe ich gerade vergessen.

Neulich bestellte ich beim Griechen meiner Wahl also kein übliches Lecks, sondern ein alkoholfreies Hefeweizen. Es trug sich wie folgt zu und hatte Folgendes zur Folge: Konstantinos, einer der Kellner, stand direkt hinter dem Eingang. Zu meinem Glück. Ich konnte also gleich, bevor bestimmte Routinen ihren unheilvollen Lauf nehmen würden, meinen extravaganten Wunsch äußern: Heute bitte kein Lecks! Konstantinos guckte mich groß an, wandte sich zum einige Meter entfernten Tresen und rief, zum Glück auf Griechisch: Heute kein Lecks für Albert! Janni hinterm Tresen hatte mich erfreulicherweise bis dahin noch nicht gesehen, also noch kein Lecks aus dem Kühlschrank geholt oder gar schon geöffnet. Nun starrte er, sichtlich konsterniert und leicht verwirrt, in meine Richtung.

Gleich darauf kam Manolis, ein weiterer Kellner, aus der entgegengesetzten Richtung auf mich zu und sah mich sorgenvoll an. Ich erklärte ihm kurz die neue, verwirrende Situation. Und unmittelbar danach tauchte hinterm Tresen Leonidas auf, der Wirt – und zwar in des Wortes ganz direkter Bedeutung: Er hatte wohl in gebückter, hockender Haltung einen Kühlschrank aufgefüllt, die Sache aber akustisch mitbekommen: Mensch Albert, kein Lecks, was ist denn los? Nicht wenig – ich stand ja noch immer am Eingang, also etwas entfernt – lautstark artikuliert. Diesmal auf Deutsch. Links und rechts Publikum. Ich machte besänftigende Handbewegungen in alle Richtungen und meinte, dass ich selbst in meinem Alter zu Innovationen tendiere. Zustimmendes Nicken und Schmunzeln von allen Seiten. Inklusive Publikum. Ich setzte mich. Mein alkoholfreies Hefeweizen kam. Dann lief alles seinen gewohnten Gang.

Nur beim Zahlen am Tresen, ich hatte später auch noch eine kleine Flasche Lecks alkoholfrei bestellt, musste Leonidas sichtlich rechnen und schließlich aufs Display der Kasse gucken, um der neuen Preisgestaltung folgen zu können. Ich hatte zwar die Rechnung mit dem Wirt gemacht, aber mit meiner Unberechenbarkeit, meinem Bruch alter Gewohnheiten, hatte er wohl nicht gerechnet.

––––––––––

Bist Du der Michi?

Ich war noch ganz neu in Hamburg. Ende der 1970er-Jahre. Auf der Suche nach fast allem. Neue Freundin, neue Freunde, Wohnung, Studienplatz, Nebenjob. Und eine neue Band. Als Schlagzeuger.

Schon eine erste Anzeige in einem Stadtmagazin hatte Erfolg. Ein Michi hatte sich gemeldet per Telefon – Internet, E-Mails oder gar Smartphones gab es damals noch nicht. Man sei ein Quintett. Eigentlich. Nur sei der Schlagzeuger abhandengekommen. Man spiele Jazz, Jazzrock, Funk, Latin. Fusion halt. Die Besetzung der Band sei Bass, Gitarre, Keyboard, Querflöte – und hoffentlich auch bald wieder Schlagzeug. Das alles klang schon mal verheißungsvoll.

Wir verabredeten uns gleich am nächsten Tag zu manierlicher Zeit am S- und U-Bahnhof Sternschanze. Die Gegend dort war mir Hamburger Neuling völlig unbekannt. Ich wohnte damals noch in Barmbek in einer Zweierwohngemeinschaft. Da musste ich in wenigen Monaten raus. Die Mitbewohnerin bekam Nachwuchs. Nicht von mir. Auf jeden Fall brauchte sie bald Platz für den in ihrem Bauch heranwachsenden neuen Erdling. Vielleicht würde ich mit der neuen Band und den neuen Kontakten auch gleich noch eine neue Bleibe finden. Wer weiß.

Der Treffpunkt am Rande des damals noch ganz normalen, biederen, eher langweiligen Schanzenviertels war für mich also irgendwo im fernen Westen Hamburgs – ein nicht ganz kleines Problem für mich Orientierungstrottel, aufgewachsen in einem kleinen Städtchen im ländlichen Süddeutschland.

Aber es klappte alles. Ich kam mit der S-Bahn. Der Bahnhof hat zwar zwei Ausgänge, aber die meisten Passagiere tendierten zu dem in Fahrtrichtung. Das schien der

Hauptausgang zu sein. Ich also hinterher. Unten stellte ich mich gleich an die Zubringerstraße, weithin sichtbar und mit Blick in alle Richtungen. Ich war viel zu früh. Man kann ja nie wissen. Michi hatte gesagt, dass er mit einem leuchtend blauen Kastenwagen anrücke, einem R4, zu jener Zeit das Transportmittel schlechthin für junge Leute wie uns. Ich suchte mit den Augen die Zeilen der parkenden Autos ab, sah nichts leuchtend Blaues, konnte am langen Zubringer aber auch nicht alle Fahrzeuge überblicken. Bestimmt war Michi noch gar nicht da.

Oder vielleicht doch? Ein junger Mann meiner Altersklasse stand etwa zehn Meter weiter zu meiner Rechten. In Suchstellung. Wie ich. Ich versuchte mein Glück, ging zu ihm hin, sagte Hallo, ich sei der Hubert, und fragte, ob er der Michi sei. Er schmunzelte, nein, er sei der Robert und warte auf einen Sven. Nein, der sei ich nicht, meinte ich, wünschte viel Glück und ging zu meinem alten Platz zurück.

Eine viertel Stunde passierte nicht viel. Kein Michi. Kein leuchtend blauer Kastenwagen. In meinem Rücken der Haupteingang zur S-Bahn Sternschanze. Rechts von mir, entlang der Zubringerstraße, erstreckte sich das Hochgleis des S-Bahnhofs über mehr als hundert Meter. Am Ende der Ein- und Übergang zur U-Bahn Sternschanze. Ob Michi wohl dort hinten stehen und warten würde? Das Ende der Zubringerstraße schien ein Rondell zu sein. Wendeplatz auch für die Busse, die entlang des Zubringers ihre Haltestellen hatten. Ich beschloss, dort hinzugehen. Michi war inzwischen auch schon einige Zeit zu spät.

Und in der Tat, dort stand ein junger Mann, wiederum meine Altersklasse, langes Haar, wie Michi sich beschrieben hatte. Kaum hatte ich ihn wahrgenommen, sah er mich, ging gleich auf mich zu und fragte, ob ich der Robert sei. Nein, ich sei der Hubert, aber der Robert stünde dort hinten vor dem Eingang zur S-Bahn und erwarte einen

Sven. Ja, das sei er, sagte der junge Mann mit dem langen Wallehaar, lachte, bedankte sich für die Vermittlung und entschwand Richtung Robert.

Kurz darauf fuhr dann tatsächlich ein leuchtend blauer Kastenwagen vor und hielt direkt vor mir. Ihm entsprang Michi – wie sich herausstellte. Er ging auf mich zu, fragte leicht skeptisch, ob ich der Hubert sei. Auf meine freundliche Bestätigung wirkte Michi sichtlich erleichtert. Er habe nämlich gerade vorne am Eingang zur S-Bahn einen gefragt, ob er der Hubert sei. Nein, das war der Robert, fiel ich Michi ins Wort. Ob ich den denn kenne, fragte Michi verwundert. Nein, eigentlich nicht, aber ich hätte den Robert vorhin auch gefragt – jedoch, ob er der Michi sei. Es war dann aber eben der Robert, der auf einen Sven gewartet habe. Ja, stimmt, meinte Michi, der sei gerade dazugekommen als er, Michi, Robert gefragt habe, ob er der Hubert sei.

Trotz dieser leichten Wirrungen hatten wir uns also doch noch gefunden, Michi und ich. Jeder Deckel den passenden Topf. Schon auf dem kurzen Weg zum Proberaum von Michi waren wir uns handelseinig. Man wolle es probieren mit der gemeinsamen Band. Das Wichtigste, welche Art Musik man höre und machen wolle, hatte man so und so schon beim ersten Telefonat besprochen.

Der Proberaum – ein großer frei stehender ehemaliger Geräteschuppen – lag im Hinterhof des Häuschens von Michis Eltern, in dem er als frisch immatrikulierter Student noch wohnte. Es stand an einer kleinen schönen Allee am zum Bahnhof entgegengesetzten Ende des Schanzenviertels.

Nun, ab dann ging alles seinen geregelten und sehr erfreulichen Gang. Vor allem für mich. Ich lernte bei der ersten Probe die anderen Bandmitglieder kennen, Hartmut alias Hardy an der Gitarre, Jan-Peter alias Schmiddy am E-Piano und Hartmut alias Flöte, die er auch spielte. Wir hatten also zwei Hartmute, wenn nicht Hartmuts in der Gruppe. Zuordnungsprobleme gab es kaum – weit größer war das Problem unserer Namensfindungsschwäche bezüglich des Gruppennamens. Wir hatten bald schon unseren ersten Auftritt in der Tasche – aber noch keinen Bandnamen. Er sollte etwas Besonderes, Außergewöhnliches, Prägnantes, vielleicht auch Witziges sein. Provokativ womöglich, rebellisch und progressiv – wie man das damals noch nannte. Jugend, studierende vor allem, war nun mal fürs Rebellische zuständig. Zumindest damals noch. Also kam als Bandname auch folgender Vorschlag auf: „Denn sie wissen nicht, was sie tun". Dieser Vorschlag wurde aber verworfen. Er klang zu sehr nach „Denn sie können nicht, was sie spielen". Welcher Name es schließlich wurde – das verschweige ich hier lieber aus Gründen der Contenance und des guten Geschmacks.

Wie auch immer: Zwischenzeitlich hatte ich auch ein Zimmer in einer Wohngemeinschaft mit zwei anderen Jungs in Eppendorf gefunden. Und eine neue Freundin – die Ex eines der beiden Jungs. Sehr praktisch. Da musste ich nicht lange suchen und auf die Piste gehen. Einerseits lag mein neues Domizil in Eppendorf sehr viel näher an meinem neuen Proberaum in besagter kleinen schönen Allee in Nord-Altona – sehr wichtig für einen Schlagzeuger, der ja nicht im Zimmer, in der Wohnung eines Mietshauses üben kann, sondern zu seinem Instrument fahren muss. Und das fast täglich, wenn er besser werden will. Andererseits wohnte meine neue Freundin jedoch – in Barmbek. Von wo ich gerade nach Eppendorf gezogen war. Und da man seine neue Freundin natürlich auch öfter mal sehen mochte, glich sich das wieder aus. Schließlich geschah es bald noch, dass die Mitbewohnerin meiner neuen Freundin aus ihrer gemeinsamen Bleibe auszog und also ihr Zimmer frei wurde – in Barmbek. Nun ja, ich landete ergo wieder – in Barmbek. In Hamburgs Osten.

Es war sehr schön dort mit meiner neuen Freundin. Aber die Musik, wörtlich wie metaphorisch, spielte westlich der Alster, dem See im Herzen Hamburgs. Proberaum, Uni, viele Freunde, angesagte Amüsierviertel – alles im fernen Westen. Und täglich mit dem Rad die weite Strecke zu fahren durch Hamburgs allerliebstes Wetter, also durch viel Regen und gelegentlich auch Schnee, das wusste nicht immer zu gefallen.

Das ging so lange, lange Monate. Bis mir ein altes Doppelhaus auffiel, nur gute hundert Meter entfernt von meinem neuen Proberaum in jener schönen Allee. Es sah schon die ganz Zeit ziemlich heruntergekommen aus und wurde jetzt augenscheinlich entmietet. Wahrscheinlich wurde es bald abgerissen, um Platz für einen Neubau zu schaffen. Mit womöglich einer neuen Wohnung für meine Freundin und mich? Nochmals: nur hundert Meter von meinem Proberaum entfernt. Für einen Schlagzeuger der Himmel, das Eldorado und das Schlaraffenland in einem.

Aber nein, das alte Haus wurde nicht abgerissen, sondern von Grund auf saniert und renoviert. Alles neu, Fenster, Türen, Gastherme für jede Wohnung – sodass man bis auf den letzten Kubikzentimeter faktisch nur das bezahlen musste, was man wirklich verbraucht hatte. Und Gas war damals das Billigste vom Billigen in Sachen Warmwasser und Heizung.

Ich beobachtete den Fortgang der Sanierung sehr genau. Die Telefonnummer der Baufirma, sie prangte auf einem großen Werbeschild vor dem Haus, hatte ich mir schon notiert. Die Firma musste aber nicht identisch sein mit dem Vermieter, dem Eigner, der für die Vermietung zuständigen Hausverwaltung. Irgendwann bin ich also zu einem Handwerker, der gerade aus dem Haus kam. Ob er vielleicht eine Nummer hätte vom Vermieter, bei dem man fragen könne. Er hatte! Eine Oetker-Hausverwaltung war zuständig für die Vermietung.

Nun, das Telefonat am nächsten Tag verlief nicht sonderlich erfreulich. Ich erwischte eine etwas unwirsche ältere Frau, Stimmlage zwei Schachteln Gauloises am Tag, inklusive manch doppeltem Cognac. Die Sanierung sei noch lange nicht fertig, nichts sei spruchreif. Ich solle in acht Wochen noch mal anrufen. Zumindest schaffte ich es noch, ihr meinen Namen und meine Telefonnummer durchzugeben – in der Hoffnung, dass sie diese auch wirklich notieren würde.

Und dann geschah das Wunder. Besagte Unwirsche mit der rauen, tiefen Stimme rief mich an. Nach nur drei Wochen. Kackfreundlich. Ich sei doch an einer Wohnung interessiert? Was es denn sein dürfe: zwei Zimmer, drei Zimmer, vier Zimmer, fünf Zimmer? Im Parterre ohne viele Stufen? Oder schön hell und ruhig unterm Dach? Es sei noch alles frei.

Ähm, ja, also, das sei ja fantastisch und kaum zu glauben – und zwei bis drei Zimmer wären für mich und meine Freundin schon recht passend. Ich war ganz durcheinander. Und was das denn kosten würde? Als mir die von Saula zu Paula Verwandelte die Mietpreise nannte, blieb mir endgültig der Atem weg. Das sei so billig, durchbrach Paula meine Wortlosigkeit, weil das Sozialwohnungen seien. Dafür brauche man zwar einen Berechtigungsschein, aber ich hätte doch gesagt, wir seien Studenten? Dann sei das so und so kein Problem. Und außerdem sei noch die Stelle eines Hausmeisters in Teilzeit zu vergeben, das wäre doch als Nebenverdienst ganz famos für einen Studenten – oder etwa nicht? Wenn wir eine Drei-Zimmer-Wohnung nehmen würden, wäre die dann sozusagen fast mietfrei.

Ich weiß nicht mehr, ob mich meine Freundin nach diesem Telefonat reanimieren musste. Wenn ja, dann hat sie es geschafft. Denn ich lebe in dieser Wohnung, inzwischen solo, seit fast vierzig Jahren. Hundert Meter von meinem

Proberaum entfernt. Ruhig und sehr hell im dritten Stock. In einer kleinen Allee. Unweit des zwischenzeitlich tobenden, tosenden Schanzenviertels – für einen soloselbstständigen, also berufsbedingt einsiedlerischen Schreibtischtäter das ideale soziale Umfeld. Und aufgrund der nebenberuflichen, der sehr nebenberuflichen Hausmeisterei zu einem Spottpreis nach wie vor. Eine solche Wohnung gibt man nur in genau drei Fällen auf: Entweder ist man wahnsinnig geworden. Oder man hat mehrere Millionen im Lotto gewonnen. Oder man ist gestorben.

Wenn Sie also mal eine neue Band, neue Freunde samt neuer Freundin und auch noch eine neue, fast mietfreie Wohnung brauchen, dann sollten Sie vor irgendeinem Bahnhof einen offensichtlich Wartenden fragen, ob er der Michi sei. Oder der Robert. Wenn nicht der Sven.

––––––––––

Mail aus Belgien

Es war ein schöner warmer Sommerabend. Ich saß im Garten eines Cafés bei mir um die Ecke. Mein zweites Feierabendbier war getrunken, ich wollte eigentlich gleich zahlen und gehen. Noch ein schneller Blick auf das Smartphone. Ein paar E-Mails waren eingetroffen. Die letzte mit dem Betreff „Mail aus Belgien". War das Spam? Ich weiß nicht recht warum, aber mir pochte spontan das Herz. Ich ahnte etwas. Und öffnete die E-Mail. Ein Hubert De Greve aus einem kleinen belgischen Städtchen zwischen Gent und Brüssel fragte, ob ich der Junge sei, der in den 1960er-Jahren Gast in seiner Familie gewesen war. Er habe meine Homepage im Netz gefunden. Falls ich es nicht sei, bitte er schon mal um Entschuldigung.

Aber ich war es. Ich saß da wie benommen – und unter Strom gesetzt gleichermaßen. In meinem Hirn brach eine gewaltige Eruption von Erinnerungen aus. Die Geschichte, ihr Anfang, war nahezu sechzig Jahre her. Ich war gerade acht Jahre alt geworden, als ich Familie De Greve das erste Mal besuchte. Als Gastkind in den Sommerferien. Verschickt über die Caritas. Urlaub für Kinder aus sozial bedürftigen Familien. Mein Vater war einige Monate zuvor gestorben. Meine Mutter stand plötzlich ohne Mann und Einkommen da – auf die erste kleine Rente musste sie lange Zeit warten. Aber fünf Kinder von sieben waren noch zu Hause und zu versorgen. Also musste organisiert werden, schmerzhafte Entscheidungen waren zu treffen. Kinderverschickung zum Beispiel.

Ich war noch nie in meinem Leben richtig verreist. Noch nie weit weg von zu Hause. Und vor allem nicht – alleine. Zwar stiegen – neben ein paar mir fremden Betreuern – auch viele andere Kinder mit in den Zug ein, davon aber keine guten Freunde, nicht mal gut bekannte Kinder. Ich dachte, ich sterbe. Fühlte mich herausgerissen aus meiner Welt, die für mich die ganze Welt war, aus allem, was ich kannte, mochte, liebte. Ich hatte keine Ahnung, wo Belgien liegt. Man sagte mir nur, dass wir lange, lange Zeit im Zug sitzen würden. Vom tiefen Süden Deutschlands, vom Bodensee, zum fernen Land an der Nordsee. Ich heulte wie ein Schlosshund. Alle hatten mich verlassen. Ich war ausgestoßen. Verloren. Ab sofort ein Fremder in fremder Welt.

Vier Wochen später aber sollte ich wieder weinen. Weil ich zurück musste. Weg von meiner inzwischen geliebten Gastfamilie. Von dem Refugium, der heilen, umhegten Welt, die ich dort erleben durfte. Zurück, würde der Soziologe sagen, in prekäre familiäre Verhältnisse.

Dabei fing bei Familie De Greve alles an, könnte man sagen, wie beim Militär, wie bei einer Musterung. Tante Emilie, so wurde mir Mutter De Greve vorgestellt, steckte mich kurzerhand erst mal in die Badewanne. Danach wurde ich von Kopf bis Fuß neu eingekleidet. Teure, schicke Klamotten, kurze Hose aus feinem dunkelblauen Tuch, fast kniehohe Strümpfe mit Rautenmuster, Lackschuhe, beim Ausgehen sogar noch ein Jackett. Ich sah hinterher aus wie ein uniformierter Internatsschüler einer teuren englischen Highschool.

Die Familie nahm mich auf wie ein neues Geschwister, einen spätgeborenen Sohn. Vater De Greve, für mich Onkel Frans, wusste, wie ich erst später erfuhr, dass mein Vater erst vor kurzer Zeit gestorben war. Umso fürsorglicher, väterlicher nahm er mich auf. Vier Kinder hatten Onkel Frans und Tante Emilie. Willy, der Älteste, war gerade unterwegs für ein paar Tage. Er machte eine Ausbildung bei der belgischen Bahn. Und dann waren da noch Hubert – Übèr gesprochen –, Marc und Magda. Hubert war fünf Jahre älter als ich und schnell mein neuer großer Bruder.

Auch Marc war älter als ich, fast drei Jahre, aber er hatte ziemlich genau meine Statur – mein idealer neuer dicker Freund und hier und da auch Sparringspartner für Kloppereien unter kleinen Jungs. Ich unterlag meist. Spätestens im Clinch, im Schwitzkasten, bei vorgetäuschter Linker und durchgezogener Rechter merkte man den Alters- und Erfahrungsunterschied. Vor allem ich musste ihn merken. Hautnah gewissermaßen.

Magda war genauso alt wie ich, aber einen Kopf kleiner, ein ganz zierliches, schüchternes Wesen, sodass ich meinte, sie sei nicht nur kleiner, sondern auch wesentlich jünger als ich. Mit ihr hatte ich anfänglich am wenigsten zu tun. In dem Alter sind Mädchen ja noch doof – und Jungs natürlich noch viel mehr. Dass Magda wirklich mein eigener Jahrgang war, erfuhr und realisierte ich erst ein Jahr später. Peinlicherweise. Zu meinem zweiten Gastaufenthalt bei Familie De Greve hatte ich für alle kleine Geschenke mitgebracht – für Magda ein Malbuch zum Ausmalen von Figuren. Also etwas für Kinder von drei, vier Jahren. Als ich Magda – sie war inzwischen in der dritten, wenn nicht vierten Klasse – mein Geschenk freudig in die Hand drücken wollte, warf sie einen verächtlichen Blick auf das Büchlein und gleich darauf empört die Nase hoch und entschwand forcierten Schrittes außer Sichtweite. Tante Emilie lachte laut – und klärte mich auf. Ich sah schlagartig aus wie das äußerst rotbackige Kindchen auf einem berühmten Kindergetränk. Nur ohne Kopftuch.

Alles war neu für mich das erste Mal. Ich musste viel lernen – und lernte viel. Irgendwann machten wir einen Ausflug ans Meer, an die raue Nordsee. Ich hatte noch nie das Meer gesehen. Mein geliebter Bodensee, sein nordwestlicher Arm, in dessen Nähe meine Familie und ich wohnten, war dagegen ein kleiner Tümpel, eine überschwemmte Wiese.

An einem anderen Tag ging es nach Brüssel. Es gibt ein Foto von mir vor dem Manneken Pis und eines zusammen mit Onkel Frans vor dem Atomium und auf dem Großen Markt, dem Rathausplatz. Onkel Frans sprach immer vom Goldenen Platz, weil fast alle der klassizistischen, im Zuckerbäckerstil errichteten Gebäude an vielen Stellen vergoldet sind. Ich hatte so etwas noch nie gesehen. So stellte ich mir das Disneyland vor, das ich auch noch nie gesehen hatte. Oder das Land Fantasia. Oder den Platz, auf dem die Dichter der Welt die Märchen der Welt schreiben.

Onkel Frans erzählte mir passend dazu eine Schauergeschichte: Ein Architekt oder Bauherr hatte sich vom hohen Turm in der Mitte eines imposanten Gebäudes, vielleicht dem zentralen Rathaus, heruntergestürzt – nach dessen Fertigstellung und der Entfernung der Baugerüste stellte man nämlich fest, dass das Gebäude nicht wie geplant symmetrisch war. Einer der beiden Flügel links und rechts vom zentralen Turm war kürzer als der andere.

Alles war groß und übergroß für mich kleinen Knopf. Ich erinnere bis heute die Szene, als es bei Familie De Greve zum ersten Mal Muscheln zu Mittag gab, wie wenn sie gestern passiert wäre. Schon die Vorbereitungen imponierten mir gewaltig. In dem Topf, der aus einer Abstellkammer geholt wurde und in dem die Muscheln gekocht werden sollten, hätte ich fast ein Sitzbad nehmen können. Dann wurden die Muscheln hereingetragen in großen Behältnissen. Tante Emelie erklärte mir alles detailliert, ich wollte alles genau wissen, fragte ihr Löcher in den Bauch. Als ich erfuhr, dass die Muscheln noch leben und lebendig in das kochende Wasser geworfen werden, war ich schockiert, ich protestierte und fing an zu weinen. Tante Emelie gab mir aber zu bedenken, dass man die Tierchen ja kaum anders umbringen könne, mit einem Hammer etwa, bevor man sie in den Topf werfe. Das kochende Wasser töte sie sehr schnell und zuverlässig.

Ich weiß nicht so recht, ob mich Tante Emelies Argumentation überzeugt hatte. Auf jeden Fall saßen irgendwann alle rund um den großen Esstisch. Tante Emelie brachte eine erste große, sehr große Schüssel mit den gegarten, dampfenden, nun halb offenen Muscheln, stellte sie auf den Tisch und füllte allen mächtig viele Muscheln auf den Teller. Berge von Muscheln, riesige Berge. In meiner Alters- und Größenklasse war die Tischkante so und so schon in Brusthöhe. Als Tante Emelie auch meinen Teller gefüllt hatte, sah ich geradeaus nur noch Muscheln. Sonst nichts mehr.

Alle fingen an zu essen. Nur ich nicht. Ich hatte noch nie Muscheln gegessen. Ich wusste überhaupt nicht, was ich machen sollte, hatte wohl auch noch einen heftigen Widerwillen, diese merkwürdigen Tiere zu essen. Mir ging die Sache mit dem Hammer einfach nicht aus dem Kopf.

Ich sah dann, wie die anderen die Muscheln aßen. Zuerst suchte man eine halb offene, aber leere, wie eine Zange, eine breite Pinzette geformte Muschelschale aus dem Berg. Und mit dieser Zange zuppelte man die Muscheln aus den anderen halb geöffneten Schalen heraus.

Hubert, der neben mir saß, munterte mich auf, loszulegen. Die Muscheln seien sehr „smakelijk", schmackhaft also. Er sah wohl, dass ich noch mit mir kämpfte. Aber ich hatte Hunger. Und alles duftete ganz wunderbar, nach Meer und dem Kräutersud, in dem die Muscheln gekocht worden waren. Ich nahm allen Mut zusammen, puhlte mit einer Muschelzange, die mir Hubert zugesteckt hatte, eine erste Muschel aus ihrem Gehäuse – und aß sie mit geschlossenen Augen. Und zwar nicht aus dem Grund, aus dem der Genießer sie schließt. Sondern nach dem Motto – Augen zu und durch.

Und dann gab es kein Halten mehr. Tante Emelie musste mir recht bald nachfüllen. Wie das so ist im Leben. Beim ersten Schluck Bier etwa in früher Jugend schütteln sich alle angewidert, verziehen das Gesicht und verdrehen die Augen. Und irgendwann, lange Jahre später, gehen die Leberwerte durch die Decke vom einarmigen Reißen in der Halbliterklasse. Alles ist Gift, sagte mal ein schlauer Mensch, es kommt nur auf die Menge an.

Die Menge, die Menge – auch meine erste Portion Pommes frites mit Mixed Pickles werde ich nicht vergessen. Belgien und Pommes, das ist bekanntlich wie Bayern München und die Deutsche Fußballmeisterschaft. Unweit des Häuschens von Familie De Greve öffnete eines Tages eine Kirmes mit einem zentralen Festzelt ihre Pforten. Da gingen wir natürlich alle, die ganze Familie und ihr kleiner Feriengast, gleich am ersten Tag hin. An einem großen, langen Tresen wurden frisch zubereitete Pommes in zu Kegeln handgedrehten Papiertüten verkauft. Alles war von Hand gemacht. Hinter dem Tresen saßen mehrere Frauen und Männer und schälten Kartoffeln im Akkord. Die geschälten Kartoffeln wurden dann durch einen großen Pommesschneider in Form gebracht, direkt danach in siedendes Öl geworfen und goldbraunknusprig gebraten. Obendrauf gab es auf Wunsch selbst gemachte Mixed Pickles. Mir schien aber, alle hatten diesen Wunsch. Ich auch.

Als ich dann meine erste Tüte Fritten mit Mixed Pickels in Händen hielt, ging es mir kleinem Menschen ähnlich wie bei meiner ersten Portion Muscheln. Vor mir sah ich nur noch Fritten. Eine Welt aus Fritten. Die Welt bestand nicht, wie mir Hubert ein paar Tage davor erzählt hatte, aus Protonen, Neutronen und Elektronen, sie bestand nur aus Fritten. Ich begann zu essen. Die Fritten waren einfach vorzüglich. Noch nie in meinem Leben hatte ich so leckere, köstliche, aromatische, knusprige Pommes frites gegessen. Und diese Mixed Pickles! Ich aß, mampfte, schob wie in Trance einen Kartoffelschnitz nach dem anderen in mich rein. Keiner hatte erwartet, dass ich die für mich kleinen Menschen riesige, übermächtige Portion schaffen würde. Ich belehrte alle eines Besseren. Sogar mich selbst.

Meine ersten Sommerferien bei Familie De Greve waren irgendwann zu Ende. Vier Wochen waren für mich Achtjährigen eine kolossal lange Zeit. Ich fühlte mich so wohl bei den De Greves, dass ich fast vergaß, wohl auch verdrängte, woher ich eigentlich kam, wo ich eigentlich hingehörte. Mein Schmerz war groß, als mich fast die gesamte Familie zum Bahnhof brachte. Tante Emelie heulte ähnlich heftig wie ich. Der einzige Trost war, dass ich im nächsten Jahr wiederkommen würde. Das sei beschlossen und verkündet, meinten Tante Emelie und Onkel Frans. Und bis dahin würden wir uns bestimmt jede Woche lange Briefe schreiben. Und sie würden mir bald Kopien aller Fotos zuschicken, die sie geschossen hatten mit der alten Blasebalg-Kamera – so sah sie für mich zumindest immer aus.

Und wir schrieben uns lange Briefe. Und bald kamen auch die Fotos. Und ich sollte in der Tat wiederkommen. Gleich im nächsten Jahr. Die Regelung war dann aber, dass ich nur zwei Wochen bei Familie De Greve sein würde und zusätzlich zwei Wochen bei den Pfadfindern. Die Caritas wollte aus uns jungen Menschen natürlich wohlerzogene, gehorsame Mitglieder der christlichen Gemeinschaft machen. Bei mir ist das zwar gründlich misslungen – was den Gehorsam und das Christliche betrifft. Aber auf jeden Fall gefiel mir die Zeit bei den Pfadfindern sehr gut, zumal wir auf Waldlichtungen in großen Zelten campierten, über offenem Feuer kochten, Nachtwanderungen unternahmen oder gar ein Überlebenstraining absolvierten – vierundzwanzig Stunden in einem größeren Waldgebiet in kleiner Gruppe ausgesetzt mit dem Auftrag der Selbstversorgung und dem eigenständigen Zurückfinden zum Camp via Kompass und Sonnenstand. Abenteuerurlaub vom Feinsten für uns Kinder und hier und da schon fast Jugendliche.

Im Camp gab es zwar einen Kaplan, sozusagen einen Feldkaplan. Aber zum Glück keinen von der Kinder tätschelnden Sorte. Unter den Größeren, Älteren von uns gab es durchaus einige, die womöglich kraftvoll, sehr kraftvoll zurückgetätschelt hätten.

Bei meinem letzten Besuch von Familie De Greve war ich zwölf Jahre alt. Ältere durften, wenn ich das recht erinnere, bei der Caritas-Kinderverschickung nicht mehr mitmachen. Es wurde noch überlegt, ob ich danach Familie De Greve auf eigene Faust, auf eigene Kosten besuche. Aber bei mir zu Hause gab es kein Geld. Weite Bahnreisen, zumal ins Ausland, waren damals noch sündhaft teuer, ja unbezahlbar. Zumindest für uns, für mich.

Es sollten also meine letzten Sommerferien gewesen sein bei Familie De Greve. Wir schrieben uns noch lange Jahre. Aber irgendwann schlief der Kontakt doch ein. Spätestens als ich nach dem Abitur vom Bodensee nach Hamburg zog.

Bis zu jener „Mail aus Belgien" in jener schönen Sommernacht im letzten Jahr. Im Café Unter den Linden. Ich zahlte hastig, eilte nach Hause und antwortete Hubert sofort. Ja, ich bin es! Und dann ging eine E-Mail nach der anderen hin und her, über lange Tage und Wochen. Fotos von damals und heute wurden ausgetauscht. Wir Menschen hatten uns natürlich so ein kleines Bisschen verändert im letzten halben Jahrhundert. Auch optisch. Man munkelt. Aber auf den aktuellen Fotos des kleinen Häuschens der De Greves und des schmalen, von Bäumen gesäumten Sträßchens, an dem es noch immer steht, sah alles genau so aus, wie ich es in Erinnerung hatte. Alles gepflegt, die Vorgärten, die Häuschen, die Bäume beschnitten und klein gehalten – alles wie damals. Es war fast unheimlich.

Schon in meiner ersten Antwort an Hubert wollte ich natürlich wissen, wie es seinen Geschwistern geht – und ob seine Eltern noch leben. Onkel Frans, erfuhr ich, war schon Anfang der 1990er-Jahre gestorben, Tante Emelie mit 92 Jahren erst vor ein paar Jahren. Leider war auch schon Marc verstorben, mein dicker Freund und Sparringspartner. Viel zu jung. Willy, Magda und Hubert waren und sind aber noch gut beieinander.

Hubert schrieb recht gutes Deutsch – bis er mir beichtete, dass er sein Flämisch von einem Übersetzungsprogramm ins Deutsche übertragen ließ. Ich hatte eher gedacht, dass er das gute Deutsch von seinem Vater gelernt und dann weiter gepflegt hat. Denn sein Vater, mein Onkel Frans, sprach sehr gut Deutsch. Er hatte es gelernt – zwangsweise. In Kriegsgefangenschaft. In Deutschland. In einem Arbeitslager in Halle. Das erzählte mir Onkel Frans erst ein paar Jahre später. Kindgerecht.

Und erst lange Zeit später, als mein politisches Denken erwachte, wurde mir bewusst, was Onkel Frans da getan hatte: Er nahm ein Kind auf aus dem Land seiner Peiniger und Ausbeuter. Dem Land der Mörder, Täter und Mitläufer. Aber Onkel Frans konnte wohl differenziert denken – und fühlen. Er bekam wohl mit, dass dort nicht alle Täter und Mörder waren. Dass es auch vielen Einheimischen in diesem unsäglichen Land dreckig ging, auch viele Deutsche Opfer der Nazis geworden waren.

Vater De Greve, mein Onkel Frans – was für ein großes Herz. Was für ein großer Mensch.

———————————

In Stein am Rhein fließt die Donau in den Tegernsee

Eigentlich war nur ein netter Abend geplant. Wiedersehen nach langer Zeit. Freund Lollo, wir kennen uns seit frühester Kindheit, also seit inzwischen gut sechzig Jahren, habe ich über die Jahre und Jahrzehnte immer wieder gesehen. Wir pflegten und pflegen unsere Freundschaft intensiv, obwohl Lollo noch immer in der Nähe des Bodensees lebt und ich seit weit über vierzig Jahren im fernen Hamburg. Aber Ulli – gebürtige Ulrike – und Helga hatte ich nach meinem Umzug vom tiefen Süden in den hohen Norden völlig aus den Augen und dann auch irgendwann aus dem Sinn verloren. Ich sah die beiden das erste Mal nach exakt fünfundzwanzig Jahren wieder – bei einem Klassentreffen zum Hauptschulabschluss ein Vierteljahrhundert davor. Und dann wieder fast zwanzig Jahre nicht. Obwohl ich eigentlich in jedem Sommer einige Zeit am Bodensee war und noch immer bin. Um Geschwister und Freunde zu treffen, die dort noch leben, und um meinen geliebten See zu genießen.

Warum auch immer und wie auch immer: In den letzten Jahren stieß zu meinen Treffen mit Lollo gelegentlich auch Helga dazu. Über die neuen Medien war und ist die Kommunikation ja ungemein erleichtert. Schnell kann man sich verabreden und koordinieren. Und im letzten Jahr kam dann auch erstmalig Ulli dazu, die mit Helga eine ähnlich intensive, ähnlich lange Freundschaft hegt und pflegt wie Lollo und ich. Ulli sollte ich also nach über vierzig Jahren erst das zweite Mal wieder sehen.

Wir hatten uns zu einem gemeinsamen Abendessen verabredet in einem etwas teureren angesagten Restaurant mit schönem Außenbereich direkt am Bodensee, direkt am

Wasser. Auf der Halbinsel Mettnau am Radolfzeller See.
Richtung Westen räkelt der Bodensee zwei Arme ins ba-
dische Land, nördlich den Überlinger See, südlich den sogenannten Untersee, an dessen nordwestlichem Ufer sich
eben die Halbinsel Mettnau in den See erstreckt. Zwischen
beiden großen Armen liegt der Bodanrück, selbst also wiederum eine Halbinsel, aber erklecklich größer als die
Halbinsel Mettnau im Untersee. Diese etwas genaueren
Ortsangaben sind notwendig, um die kommenden denk-
würdigen Ereignisse hinreichend einordnen zu können.

Ich hatte einen Tisch reserviert, direkt am Ufer. Lollo
war schon da, als ich kam. Kurz darauf trafen Ulli und
Helga ein. Herzliche Begrüßung, die üblichen Rituale
nach so langer Zeit: Du hast Dich ja gar nicht verändert.
Immer noch der Alte. Ob man vielleicht die Kontaktdaten
des Gesichtschirugen haben könne, den man offensichtlich
nutze. Solch kleine Nettigkeiten halt, wenn man kurz vor
der Rente steht. Oder sie sogar schon erhält. Und sich
schon seit Schulzeiten kennt.

Und mal wieder machten wir die Erfahrung, dass dann,
wenn man einige Jahre sehr intensiv miteinander zu tun
hatte, und vor allem sehr intensiv freundschaftlich miteinander zu tun hatte, Jahrzehnte der Trennung nicht sonderlich viel Distanz schaffen. Es kommt vor, dass ich Lollo
mal ein ganzes Jahr nicht sehe. Wenn er dann aber um die
Ecke kommt, habe ich maximal das Gefühl, dass er nur
kurz Brötchen geholt hat. Oder einen neuen Sixpack. Sogar mit Ulli war es kaum anders. Wie gesagt, wir hatten
uns fast zwanzig Jahre nicht gesehen – und davor wiederum fast fünfundzwanzig Jahre nicht. Aber nach fünf Minuten war das vergessen – wie man in unserem Alter so
manches vergisst. Man munkelt.

Wir vier verwandelten uns also nach ein paar Wimpern-
schlägen in die alten Kumpels und Kumpelinnen, Freundinnen und Freunde, die wir damals waren, um nicht zu

sagen: in vierzehnjährige schwatzende, schnatternde, ga-
ckernde, lachende, kreischende, tisch- und schenkelklop-
fende – Knallköpfe.

Das Publikum außenrum wusste das durchaus zu schät-
zen – wann kann man schon mal der Rückverwandlung
von vier Rentnerinnen und Rentnern in offensichtlich
Spätpubertierende binnen weniger Bierlängen beiwoh-
nen? Und sogar noch – in Zirkus oder Zoo zahlt man Ein-
tritt – umsonst?

Man muss dazu wissen, dass im süddeutschen Freundeskreis seit langen Jahre kolportiert wird, dass Lollo mit al-
lerhöchster Wahrscheinlichkeit schon mit Lachfalten auf
die Welt gekommen ist. Der Bauch seiner Mutter muss
nicht selten unverhofft gebebt haben, als Lollo noch darin
residierte. Das war bestimmt lustig. Sie stand beim Bäcker
vorm Tresen – und plötzlich fing ihr Bauch an zu wackeln.
Obwohl keiner was gesagt, keinen Witz erzählt hatte.
Noch nicht mal einen schlechten. Bei besagtem Klassentreffen nach fünfundzwanzig Jahren, es ging über zwei
Tage und Nächte, hat Lollo beim letzten Treffen in einer
Kneipe einen ganzen Serviettenständer leer gelacht. Wegen der abzutupfenden Tränen. Könnte als neue Währung
bei der Beurteilung von Partys und Freundestreffen fun-
gieren: Wie war Eure Fete gestern? Prima, wir haben vier
Serviettenständer leer gelacht. Aber das nur nebenbei.

Als weitere Präliminarie muss man wissen, dass die am
Tisch sitzende Lebenserfahrung und das Lebenswissen ja
durchaus nicht gering waren. Sogar ein Akademiker hatte
sich an den Tisch zu setzen geruht. Und Ulli unterrichtete
als – inzwischen ehemalige – Lehrerin an einer Grund-
schule tendenziell alle Fächer. Sie umhauchte also, könnte
man sagen, berufsbedingt der Odem der Universalgelehrt-
heit.

Nun, genau diese, unsere Ulli stach am fortgeschrittenen
Abend mit einer gar köstlichen Kostprobe ihres Universal-

wissens hervor. Eben war die Sonne untergegangen. Am gegenüberliegenden, etwa zwei Kilometer entfernten Ufer funkelten schon die Lichter der dort liegenden kleinen Dörfer. Es entwickelte sich eine kleine Lachpause. Die Stimmung wurde beschaulicher ob dieser wunderschönen Szenerie am See – noch, Richtung Westen, glutrot der Himmel, mehr und mehr blauschwarz die Uferlandschaften. Das ruhige Wasser nahezu glatt wie ein Spiegel.

Genau in diese andachtsvolle Stimmung hinein fragte Ulli unverhofft, ob das Dorf gegenüber Bodman sei. Das war ungefähr so, wie wenn man in Heiligenhafen an der Ostsee fragen würde, ob die gegenüberliegende Insel Sylt ist. Die andachtsvolle Stimmung war schlagartig wieder vorbei. Nach ihrer Aufklärung musste Ulli über ihren kleinen Fauxpas wohl am meisten und längsten lachen.

Nun, auch das kennt man, man spinnt weiter, wirft sich die Begriffsbälle zu, kommt zu den verrücktesten Konstruktionen, bringt Beispiele des Scheiterns – wo man sich mal verirrt hat oder gegen einen Pfosten gelaufen ist, als Geisterfahrer von der Autobahn geholt wurde. Oder wie hoch wohl die Gesamtsumme des Schadens ist, den man über sein Autofahrerleben und hier und da auch Autofahrerinnenleben bei Einparkversuchen verursacht hat. Solche Sachen halt.

Irgendwann musste ich mal auf Toilette. Das Etablissement war inzwischen schon ziemlich leer. Nein, wir hatten es nicht leer gelacht, das Volk nicht weg gegackert. Heute war Sonntag und die Leute mussten am nächsten Morgen einfach zur Arbeit. Ich ging ins Haus, ein breiter Gang führte zu den Toiletten. An seinem Ende hing eine große Landkarte des Bodensees und seiner Umgebung an der Wand. Davor standen zwei Damen ungefähr meiner Altersklasse, die eine davon eine Ecke jünger, die andere ein Stück älter. Sie hatten Wanderschuhe und auch sonst Freizeitkleidung an, waren wohl nach einer Wanderung hier zum Abendmahl eingekehrt. Sie fuchtelten mit den Zeigefingern auf der Karte herum und erzählten, nein: schwätzten in süddeutschem Dialekt irgendetwas von einer Aach, einem kleinen im Bodensee mündenden Flüsschen, an dem sie am nächsten Tag entlangwandern wollten. Man schien sich nicht einig zu sein. Ich merkte im Vorbeigehen, dass sie über zwei verschiedene Dinge sprachen. Es gibt in der Gegend, in der wir waren, nämlich zwei verschiedene Aach, die Stockacher Aach und die Radolfzeller Aach – und am gesamten See sogar noch einige andere Aach, etwa die Seefelder Aach oder die Salmsacher Aach, aber die sind viel weiter weg.

Ich – freundlicher, hilfsbereiter Mensch, der ich bin – blieb also stehen und klärte die Damen auf. Die beiden Frauen guckten mich etwas verwundert, ja ungläubig an. Dass ein leicht berlinernder, ansonsten Hochdeutsch sprechender Mann zwei dialektal tief im Alemannischen verwurzelten Frauen erklären musste, wo sie am nächsten Tag langzulaufen hatten, wenn sie hinkommen wollten, wo sie hinkommen wollten – das hatte schon etwas leicht Neckisches, Skurriles an sich. Und nach den letzten Stunden mit Ulli, Helga und Lollo und dem einen und vor allem anderen Bier im Kopf war ich, zugestandenermaßen, durchaus auch in Necklaune.

Ich klärte die beiden Damen also ebenso darüber auf, dass ich am Bodensee aufgewachsen sei und in Erdkunde nicht nur Sechsen geschrieben hätte. Und weil ich beim Zugehen auf die Damen auch etwas von Stein am Rhein gehört hatte, deutete ich, bevor ich endgültig in Richtung gekachelter Räume weiterging, auf den entsprechenden Punkt auf der Landkarte und meinte, dass hier in Stein am Rhein bekanntlich die Donau in den Tegernsee fließe.

Die Jüngere fing an zu wiehern, ganz leise erst, hinter vorgehaltener Hand, die Ältere guckte mich entgeistert an und fragte in niedlichstem Süddeutsch: „Wellet Sie mir veräpple?" Ich bejahte prompt. Mit bedeutungsvoller Miene. Die Ältere, völlig konsterniert, guckte Hilfe suchend zur Jüngeren, die jetzt in schallendes Gelächter ausbrach. Bei der Älteren viel nun auch der Groschen. „Sie sind mir ab'r en Schelm!" Und sie lachte herzlich. Ich hätte, sagte ich, halt gelegentlich, um mit Dieter Krebs zu sprechen, den Schelm im Nackend, wünschte noch einen schönen Abend, für den nächsten Tag viel Wanderglück – und eilte dann endgültig, quasi unter erhöhtem Druck, Richtung Getränkerückgabe. Auf der Toilette angekommen überlegte ich mir, ob ich den beiden Damen auf dem Rückweg noch erklären sollte, wo sich auf der Landkarte das Mekong-Delta befindet. Aber sie waren dann doch schon entschwunden.

Ulli, Helga, Lollo und ich, inzwischen fast die letzten Gäste, brachen auch recht bald auf – nicht, ohne uns fürs nächste Jahr gleich wieder zu verabreden. Irgendwo am Bodensee, am Wasser, am Ufer, gegenüber der Teutoburger Wald und die Mündung der Spree.

———————————

Der Fleck, das Loch, der Klaus, die Nichte und das Wermutkraut, die Visitenkarte

Die Tage, an denen alles schiefgeht, kennt jeder Mensch. Oft hat man gar keinen Einfluss auf die Ereignisse, sie kommen ganz einfach über uns, schicksalhaft, gehen über unseren Kopf hinweg – lassen darauf gelegentlich aber auch ihre Spuren. Wie ein unverhoffter Vogelschiss etwa. Von einem Meteoriteneinschlag gar nicht zu reden.

Etwas anderes sind selbst zu verantwortende Fehler – unforced errors, wie der anglizistische Fachausdruck hierfür lautet. Fehler, die nicht von außen aufgeherrscht sind, sondern dem eigenen, in gewissen Momenten eben leeren Kopf entspringen und nur diesem. Hinweise auf negativ prägende Einflüsse der sozialen Umwelt oder gar der Gene, die man ungefragt geerbt habe, sind in der Regel nur blöde Ausreden. Schuld dadurch relativieren oder gar aufheben zu wollen, käme einer Selbstentmündigung gleich. Wir wären nur noch willenlose, unfreie Triebtiere, unmündige Kinder vom Uterus bis, postnatal, zur finalen Holzkiste. Auch wer eine schwere Kindheit hatte oder einen Wasserkopf geerbt hat, macht sich schuldig, wenn er einem anderen das Auto klaut. Ich rede im Folgenden also allein von der Prägung, dem Trieb namens eigene Blödheit.

Es trug sich zu an einem einzigen Tag auf Kreta. Ich war gerade, kurz vor Mittag, angekommen in einem kleinen Dorf an der Südküste, hatte mich in mein Zimmer einquartiert. Beim Händewaschen bemerkte ich, dass das Siphon meines Waschbeckens tropfte, irgendwo ein kleines Loch, einen Riss, eine undichte Verbindungsstelle hatte. Ich bin dann gleich zu meiner Pensionswirtin Marina gegangen. Sie saß nur ein paar Meter entfernt mit drei, vier Leuten auf der Terrasse vor ihrem Büro und hielt ein Schwätzchen.

Man sollte vorab wissen, dass ich seit einigen Jahren Griechisch lerne und es ganz gut lesen und übersetzen, aber nur leidlich bis leidvoll sprechen kann. Ich nutze auf Kreta, wo ich sehr oft bin, also gerne jede sich bietende Gelegenheit, mit Einheimischen Griechisch zu sprechen, um es besser zu lernen.

Jetzt hatte ich eine. Ich legte mir im Kopf die Sätze zurecht, die ich Marina sagen wollte, und übersetzte sie im Geiste ins Griechische. Der erste Satz sollte so lauten: „Marina, das Siphon meines Waschbeckens hat ein Leck." Ich übersetzte ihn wie folgt – wobei ich der Authentizität halber zunächst die griechische Schrift nutze, aber, keine Angst, gleich danach erkläre, wie man ihn liest und phonetisch, also lautlich, artikuliert und was er bedeutet: „Μαρίνα, το σιφόνι του νιπτήρα μου έχει έναν λεκέ." Das spricht man ungefähr so aus: „Marina, to siphóni tu niptíra mu échi énan leké."

Ich bin also um die Ecke zu Marina und stellte mich, artig abwartend, zu den um den Tisch sitzenden und schwatzenden Leuten. Marina guckte mich gleich darauf freudig und erwartungsvoll an – begrüßt hatten wir uns schon intensiv bei meiner Ankunft eine gute Stunde davor –, und ich sagte meinen Satz auf. Marinas erst teilnahmsloser, dann fragender, erstaunter Gesichtsausdruck gab mir deutlich zu verstehen, dass ich einen Fehler gemacht hatte. Ich wusste in diesem Moment jedoch – noch – nicht, welchen. Zum Glück saß in der kleinen Runde auch Jórgos, ein Bauunternehmer, der recht gut Deutsch spricht. Er schmunzelte. Ihm war auf der Stelle klar, welchen Fehler ich begangen hatte. Er sprach schnell ein paar griechische Sätze zu Marina – so schnell, dass ich sie kaum verstand. Aber

Marina verstand sie, schmunzelte jetzt auch und sagte: „Ah!" Was man nicht übersetzen muss. Es klingt im Griechischen wie Deutschen identisch und meint auch dasselbe.

Um die Sache aufzuklären: Ich hatte Marina, ins Deutsche korrekt rückübersetzt, Folgendes gesagt: „Marina, das Siphon meines Waschbeckens hat einen Fleck." Das erklärt ihren anfänglichen Gesichtsausdruck hinreichend, denn wegen so einer Lappalie rennt man natürlich nicht zu seiner Pensionswirtin. Ich ließ mich also vom deutschen „Leck" phonetisch verleiten zum griechischen „λεκέ", leké gesprochen – das heißt aber nicht Leck, sondern eben Fleck.

Ich stand da also etwas betröppelt. Aber Marina reagierte souverän, das sei kein Problem, heute Nachmittag käme so und so der Klempner, der würde das dann gleich mit reparieren. Ich dankte, auch Jórgos, und machte kehrt.

Weil mir ums Verrecken nicht einfallen wollte, was denn „Leck" oder „Loch" auf Griechisch heißt, startete ich in meinem Zimmer gleich mein Laptop, ging ins Netz und dann auf die Homepage eines renommierten großen deutschen Verlages, der, unter vielen anderen, ein gutes Griechisch-Wörterbuch online anbietet, sogar umsonst. Tja, und „Loch" hieß natürlich „τρύπα", trípa gesprochen. Ich Depp, wie konnte ich so eine einfache Vokabel vergessen! Vielleicht deswegen, weil man mit Löchern in Siphons fast nie zu tun hat und seit Erfindung der kaum kaputtbaren Fahrradreifen selbst mit jenen in diesen nur noch selten. Neben verkorkster Erziehung und fehlkonstruierten Genen kommt gelegentlich also auch banale partielle Amnesie ins Spiel, wenn der Mund Dinge kundtut, die ein funktionierendes Gehirn ihn niemals kundzutun befohlen hätte.

Egal. Ich las mir prophylaktisch dann noch einige Beispielsätze durch, um mein Loch im Kopf in Sachen „Loch" nachhaltig aufzufüllen und hoffentlich final zu schließen.

Zu meiner Überraschung lautete der dritte Beispielsatz wie folgt: „Klaus säuft wie ein Loch." Wie gesagt, ich war auf der Website eines renommierten, honorigen Verlages mit – in hohem Maße zumindest – Zielgruppe Bildungsbürger. Ich schmunzelte und musste gleich an, wie anders, Klaus denken: einen sehr netten, redegewandten, lockenköpfigen Briefträger aus Berlin, den ich vorhin, auf dem Weg zu meiner Pension, schon in einer Gasse getroffen hatte. Man kennt sich seit Jahren. Dem musste ich das heute Abend, falls ich ihn treffen sollte, unbedingt erzählen – dass er Eingang in die Weltliteratur der Beispielsätze gefunden habe. Und in was für einen Beispielsatz!

Um es vorwegzunehmen: Ich traf Klaus abends in der Tat, erzählte ihm die Geschichte sofort, zeigte ihm auf dem Smartphone den Beispielsatz. Klaus lachte laut. Ich schlug ihm augenzwinkernd vor, den Verlag auf Schadensersatz wegen Ehrabschneidung zu verklagen. In den USA würde man für so was bestimmt zehn Millionen Dollar Schmerzensgeld bekommen. Klaus guckte skeptisch, schüttelte den Kopf und meinte mit aufgesetzt treudoofer Mine, dass das leider nicht gehe, man schreibe ihn nämlich mit C. Ärgerlich.

Aber zurück zum Tagesablauf. Obwohl es noch mein erster Tag war, hatte ich für den Nachmittag schon eine Verabredung. Mit der Frau aus dem Nachbarzimmer. Auch sie kenne ich seit Jahren. Wir waren nicht verabredet, das machten wir nie, aber man reiste meist zu ähnlicher Zeit. Und so traf man sich zwar zufällig, aber doch immer wieder. Sie saß schon vor ihrem Zimmer auf der gemeinsamen Terrasse, als ich kurz vor Mittag mit meinem Trolley im Schlepptau und Rucksack auf der Schulter auftauchte. Man begrüßte sich, schwatzte etwas. Das Übliche. Sie wollte am frühen Nachmittag in ein kleines, nahe gelegenes Bergdorf fahren, um dort Kräuter einzukaufen, und sie fragte mich, ob ich mitwolle. Ich wollte, weil ich im Kräuterladen des kleinen Dorfes seit Jahren meine Kräuter – Salbei, Kräuterteemischungen, Oregano, Safran und Ähnliches – fürs ganze Jahr kaufe und oft auch kleine Mitbringsel für Freundinnen und Freunde. Diesmal hatte ich sogar einen Auftrag. Eine Freundin wollte unbedingt Wermutkraut. Das soll für oder gegen irgendetwas gut sein.

Irgendwann fuhren wir also los, man fährt nur eine gute Viertelstunde. Im Dorf war alles wie früher. Wir also gleich rein in den Kräuterladen. Der Eigner war höchstpersönlich da. Man kannte sich über die Jahre, wenn auch nur optisch. Ich gab, stolz auf Griechisch, meine Bestellungen durch, am Schluss kam das Wermutkraut. Was ich aber bestellte, waren hundert Gramm Nichte, also geringe Quanten der Tochter eines Geschwisters: Wermutkraut heißt auf Griechisch αψιθιά, apsithiá gesprochen, mit englischem th. Nichte heißt ανιψιά, anipsiá ausgesprochen. Ich Grützkopf hatte mich also erneut phonetisch verleiten lassen zu semantischem Unsinn.

Der Kräutermann schmunzelte milde und verbesserte mich. Mein zweites Waterloo an diesem Tag. Kurz darauf sollte wieder etwas in die Hose gehen. Diesmal sogar wörtlich.

Zunächst fuhren wir zurück in unser Dorf. Meine Nachbarin wollte gleich weiterfahren zum Meer, etwa drei Kilometer von unserer Pension entfernt. Ich wollte aber zunächst im Dorf einen Salat essen, einen griechischen mit Schafskäse, Oliven und all diesen schönen Sachen. Ich hatte an diesem Tag nämlich noch nichts gegessen und inzwischen mächtig Hunger. Nachts war ich um halb vier Uhr aufgestanden, der Flug ging um sechs. Frühmorgens habe ich noch keinen Hunger, am allerwenigsten nach wenig Schlaf. Hunger kommt bei mir immer erst am späteren Vormittag. Inzwischen war es sogar schon früher Nachmittag.

Ich verabschiedete mich also von meiner Nachbarin und setzte mich auf dem Dorfplatz vor einer Taverne an einen Tisch im Schatten eines Baumes. Dort war ich über die Jahre schon öfter gesessen. Die Bedienung, eine nette junge Frau, kannte mich, wir begrüßten uns herzlich, tauschten die üblichen Floskeln aus. Bald darauf kam mein Choriátiki, übersetzt der Dörfliche, also ein Salat nach Art der Dörfler, im Deutschen auch Bauernsalat genannt. Er kam recht flott, ist ja schnell angerichtet, in einer kleinen Steingutschüssel. Dazu frisches, knuspriges Baguette. Sehr schön.

Auf Kreta würzt man seinen Salat selbst. Zwar sind oft verschiedene Kräuter darauf, vor allem Oregano oder was es sonst so gerade gibt. Aber Olivenöl, Essig, Salz und Pfeffer gibt man selbst dazu. Bei mir kommen immer zuerst Salz und Pfeffer dran, dann Essig und zuletzt Olivenöl – dickflüssiges grüngoldgelbes Olivenöl auf dem Salat, speziell auf der Scheibe weißen Schafskäses, Féta genannt, kommt optisch sehr schön und macht noch mal Appetit extra.

Nun, irgendwie rutschte mir die kleine Karaffe mit dem Olivenöl beim Versuch, es über den Salat zu geben, aus der Hand, knallte vom Schüssel- schnurstracks weiter auf den Tischrand und von da in meinen Schoß, also auf meine Hose. Im Reflex und bei dem Versuch, die Karaffe noch irgendwie in der Luft abzufangen, schmiss ich beinahe auch noch das Schüsselchen mit dem Salat um. Da mir die Schüssel näher war als die inzwischen gelandete Karaffe, stellte ich erst mal die Schüssel schnell wieder gerade hin, griff dann aber hastig in Richtung meines Genitals, um die dort – wie sich erwies – kopfüber gelandete Karaffe zu bergen. Die ganze Sache dauerte keine zwei Sekunden. Aber die Menge an Olivenöl, die selbst in einer so kurzen Zeitspanne einer Karaffe entkommen kann, ist durchaus beträchtlich – wie sich später beim Aufstehen zeigen sollte: Ich sah aus, wie wenn ich vergessen hätte, eine Inkontinenzwindel anzulegen.

Und das, obwohl ich den gesamten Bestand an Papierservietten im Ständer auf dem Tisch verbrauchte, um zumindest das Gröbste aus meinem Schoß zu tupfen. Und auch den halben Bestand eines zweiten Ständers. Die nette Bedienung hatte mein Malheur mitbekommen und stellte mir gleich einen zweiten, vollen Ständer hin – mit den Worten, dass das gar nix mache und ungemein gut für die Haut sei. Im Schoß? Dachte ich mir, habe dieses Thema dann aber nicht weiter vertieft.

Nun ja, nach Verköstigung meines Salates versuchte ich dann, halbwegs manierlich zu meiner Pension zu kommen. Ich hatte Glück, niemand kam mir entgegen. Am frühen Nachmittag waren alle schon am Strand oder sonst wo unterwegs. Und man läuft auch nur gute drei Minuten vom Dorfplatz hoch zu meinem Quartier.

In meiner Pension, meinem Zimmer, machte ich erst gar nicht den Versuch, meine Hose per Handwäsche vom Olivenöl zu befreien. In der Pension gibt es eine Waschmaschine für den allgemeinen Gebrauch. Die hatte ich noch nie genutzt. Heute sollte also das erste Mal sein. Ich warf die Hose und ordentlich Waschpulver rein, wählte eine möglichst hohe, aber noch stoffgerechte Temperatur, drückte den Startknopf – und eine gute Stunde später, inzwischen am späten Nachmittag, war meine Hose wieder sauber. Picobello.

Beim Aufhängen auf der Leine stülpte ich die Hoseninnentaschen nach außen, so trocknen sie schneller. In einer klebte ein kleines Papierknäuel. Ich pulte es heraus. Was war das ehemals? Ein unwichtiger Kassenzettel? Ein im doppelten Sinne des Wortes verfallenes Busticket? Ich schlug mir vor den Kopf. Es war eine Visitenkarte. Eine Frau hatte sie mir frühmorgens am Flughafen in die Hand gedrückt.

Ich muss also etwas zurückspringen im Tagesverlauf.
Die Frau hatte ich schon in Hamburg vor dem Gate kennengelernt. Eine gute Stunde vor Abflug. Sie sah recht gut
aus, war mehr als zehn Jahre jünger als ich, sehr nett, gar
charmant – aber auch etwas redselig. Vielleicht sogar etwas aufdringlich, nicht schlimm, auch nicht im übertrage-
nen Sinne handgreiflich bis übergriffig. Aber so irgendwie, wie soll ich sagen – ich glaube, sie wollte etwas von
mir. Als wir uns am Flughafen auf Kreta verabschiedeten
– sie war irgendwo an der Nordküste pauschal einquartiert,
ich an der Südküste individuell –, überreichte sie mir besagte Visitenkarte und meinte augenzwinkernd, dass sie
sich sehr freuen würde, wenn ich mich mal bei ihr melde.
Schließlich lebten wir beide in Hamburg. Das sei doch
praktisch.

Im Bus über die Insel Richtung Südküste dachte ich die
ganze Zeit darüber nach. Eigentlich hatte ich mit dem
Thema Mann-Frau-Beziehung abgeschlossen. Warum?
Das interessiert hier nicht. Ich müsste weit ausholen und
die Sache würde dadurch schnell langweilig werden. In
kürzester Kurzform: Ich war ins Alter gekommen, seit einigen Jahren solo – und genoss meine Freiheit sehr. Mit
der Betonung auf sehr. Beim Aussteigen aus dem Bus beschloss ich, die Sache ein paar Tage zu überschlafen und
dann zu entscheiden.

Ich hielt das kleine Papierknäuel nachdenklich schmun-
zelnd in der Hand. Das Schicksal hatte gesprochen,
Waschmaschine und Waschmittel hatten ihr Werk getan.
Ich blieb ein freier Mensch.

———————————

Neulich beim Altern

Auch wenn man – statistisch im letzten Viertel der Lebenszeit angekommen – nicht selten zehn Jahre jünger geschätzt wird, kommt irgendwann der Zeitpunkt, ab dem all die schönen Mädels, deren Blick man früher zielsicher auf sich zog, nur noch durch einen hindurchsehen. Keine guckt mehr interessiert, neckisch, blinzelnd, herausfordern oder gar auffordernd. Keine ist mehr für mich. Auch wenn der Geist sich selbst als jugendlich frisch, weltoffen und wissbegierig einschätzt, und das ganz zu Recht, weil er viel, sehr viel dafür getan hat über lange Jahrzehnte, steckt er irgendwann im Körper eines Greises. Und der ist biologisch fünfundsechzig Jahre alt, auch wenn er, gepflegt und gehegt, trainiert und gesund ernährt, erst wie fünfundfünfzig erscheinen mag. Hat man etwas mit diesen – bis in die biedere Garderobe, den leeren Gesichtsausdruck, die steife, unförmige, adipöse Körpersprache und -haltung hinein – kleinbürgerlichen, konservativen, spießigen Altersgenossen zu tun, die einem mehrheitlich entgegenkommen oder in der S-Bahn zuhauf gegenübersitzen? Nein, antwortete man lange Zeit auf diese selbst gestellte eitle Frage hochmütig. So wollte man nie werden. Oder gar sein.

Und dann passieren irgendwann solche Geschichten wie die drei folgenden – erzählt in quasi absteigender Reihenfolge.

*

Ich ging vor ein paar Jahren in meinem Mietshaus die Treppe runter. Josef, der jüngere Sohnemann der Müllers, kam gerade mit seiner kleinen Tochter zur Tür der Wohnung seiner Eltern raus, einen Stock tiefer. Die waren im Urlaub irgendwo im Süden. Josef hatte nach der Post geschaut und die Blumen gegossen. Ich kenne Josef, seit er ungefähr so alt war wie seine kleine Tochter in diesem Moment, so um die fünf Jahre. Irgendwann ist er bei seinen Eltern ausgezogen. Seit ein paar Jahren hat er eine eigene Familie.

Wir begrüßten uns, ich lächelte die Kleine an, fragte nach ihrem Alter. Sie antwortete verschmitzt lächelnd und leicht verlegen, aber dann doch recht eindeutig und stolz: „Fünf!" Ich hielt den Daumen hoch. Und Josef und ich quatschten noch ein paar Worte im Vorbeigehen. Ich war schon einige Stufen weiter unten, als die Kleine, zu neuem Mut gekommen, schelmisch fragte:

„Und wer bist Du?"

Ich blieb stehen und erzählte der Kleinen kurz, dass ich ihren Vater schon kannte, als er noch so klein war wie sie. Die Tochter guckte ungläubig zu ihrem Papa hoch. Der lächelte und nickte zustimmend. Und gleich darauf die Kleine wieder:

„Und wie alt bist Du?"

Ich nannte brav mein Alter. Josef war gerade dabei, die Tür abzuschließen, drehte sich abrupt zu mir um und fragte entsetzt:

„Du bist älter als mein Vater?"

Nun, ich war mindestens so erstaunt wie Josef. Das hatte ich nicht erwartet. Josef klopfte mir beim gemeinsamen Heruntergehen, ich vorweg, verbal ordentlich auf die Schulter. Ich dankte leicht betreten. Vor dem Haus verabschiedeten wir uns endgültig. Er bog mit seiner Kleinen rechts ab, ich links.

Die Sache hatte mich erstaunt, amüsiert, aber auch nachdenklich gemacht. Vater Müller war, wie auch seine Frau, ein überaus netter, freundlicher Mensch. Aber er war – durch die Brille eines Soziologen gesehen – auch ein biederer, braver Kleinbürger, wie dem Bilderbuch der Klischees entsprungen. Es stimmte alles. Outfit, Gesichtsausdruck, Gesprächsstoff. Auf meinem Weg kleidete ich Vater Müller in Gedanken neu ein und verpasste ihm einen etwas cooleren, moderneren Haarschnitt. Der Kinnbart musste natürlich auch weg. Und ich modellierte ihm einen Gesichtsausdruck, so interessiert und nachdenklich, wie er zumindest beim Lösen eines Kreuzworträtsels erscheint. Schon war Vater Müller zehn Jahre jünger. Optisch.

Aber es half nichts, ich hatte eben erfahren, dass ich älter war als ein Mensch, den ich als schon ziemlich alt einge-schätzt hatte. Nicht er war der alte Sack. Ich war es.

*

Ich wollte mit Freund Hardy nach La Gomera, einer der Kanarischen Inseln. Gegen Mittag waren wir auf dem Flughafen Teneriffa Süd gelandet und kurz darauf schon im nahe gelegenen Los Cristianos, wo die Fähre nach Go-mera ablegt. Wir hatten noch mehrere Stunden Zeit, pack-ten unser Gepäck in Schließfächer des Terminals der Schifffahrtsgesellschaft, flanierten etwas am städtischen Strand entlang und genossen die Sonne und das warme Klima – in Hamburg, wo wir frühmorgens gestartet waren, war es Mitte Januar. Das Wetter entsprechend.

Der Ticketschalter öffnete, wenn ich es recht erinnere, erst eine Stunde vor Abfahrt der Fähre. Wir waren etwas überpünktlich da, man kann ja nie wissen. Das Terminal war noch fast leer. Aber gleich darauf kam eine Frau im Kostüm einer Bediensteten um die Ecke und öffnete den Schalter. Hardy und ich waren also die Ersten. Keine Schlange, keine Wartezeit. Wunderbar.

Ich bin dann gleich hin und orderte – auf Englisch – mein Ticket nach La Gomera. Zu meiner Verwunderung wollte die nette Frau meinen Pass sehen. Aber warum nicht, ich zog ihn aus meinem Brustbeutel und legte ihn ins Dreh-fach unter der Trennscheibe. Die Frau inspizierte ihn, schaute auf ihren Bildschirm, tippte ein paar Sachen in die

Tastatur, der Drucker summte. Sie legte das Ticket auf ihrer Seite der Trennscheibe gut sichtbar hin, deutete auf den Preis und nannte ihn auch auf Englisch. Ich verstand, weil ich nichts verstand, sofort, warum sie zusätzlich auf den Preis deutete. Ich zahlte, bekam das Ticket und meinen Pass, bedankte mich und machte kehrt. Im Vorbeigehen sagte ich zu Hardy: „Mensch, sogar billiger als erwartet!"

Dann war Hardy dran. Auch er musste seinen Pass vorzeigen. Der Rest war wie bei mir. Ich stand inzwischen ein paar Meter weiter weg. Als Hardy sein Ticket hatte, kam er auf mich zu, den Blick fragend auf den Fahrschein geheftet: „Merkwürdig, ich habe fünf Euro mehr bezahlt."

Wir verglichen die Fahrscheine. In der Tat, ich hatte fünf Euro weniger bezahlt. Hardy ging noch mal zurück, ich hinter ihm her. Die reine Neugier trieb uns. Hardy fragte die nette Frau, warum er fünf Euro mehr, ich fünf Euro weniger bezahlen musste. Ob da vielleicht ein Fehler passiert sei. Die Frau machte große Augen und meinte ganz erstaunt: „Aber nein, der Herr hinter Ihnen ist doch schon Senior!"

Hardy und ich amüsierten uns köstlich, obwohl ich nach der ersten Schrecksekunde nicht recht wusste, ob ich – im Jahr davor real, aber keineswegs gefühlt und am allerwenigsten mental sechzig geworden – lachen oder heulen sollte. Wir beschlossen, gleich nach Ankunft auf Gomera den Seniorenbonus, diesen unverhofften Geldsegen, auf den Kopf zu hauen und ein schönes erstes Bierchen am Strande von Valle Gran Rey zu trinken, unserem Bestimmungsort an der Westküste von Gomera. Und womöglich noch ein zweites.

*

In dem Supermarkt bin ich selten. Er ist recht weit entfernt und man läuft die Hälfte der Strecke an einer vierspurigen, sehr verkehrsreichen, oft im Stop-and-go befahrenen und nicht selten mit stehenden Autos verstopften, lauten, stinkenden Straße entlang.

Aber in diesem Supermarkt gibt es drei Dinge, die ich sonst in meinem Viertel, meinem fußläufig zu erreichenden Einzugsgebiet, entweder gar nicht oder nur einzeln bekomme: meine Lieblingssorte Pumpernickel, Klopapier und Ouzo. Drei wichtige Lebensmittel oder Mittel zum Leben, alle recht lange oder sehr lange haltbar. Also kaufe ich sie in ziemlich großen Quanten ein, sodass ich nur alle paar Wochen wieder an dieser schmuddeligen, dröhnenden Straße entlanglaufen muss.

Beim Einkaufen bin ich immer sehr schnell. Ich weiß genau, was ich will und in welchen Regalen es zu finden ist. Im Stechschritt durcheile ich die Regalschluchten, im Slalom umkurve ich Kunden, die langsamer sind als ich. Also alle.

Auch an diesem Tag hatte ich schnell alles zusammen – bis auf den Ouzo. Der, mit anderem Hochprozentigem, steht in diesem Supermarkt nämlich verschlossen hinter Glas. Man muss einen Angestellten bitten, die Vitrine mit dem Gewünschten aufzuschließen. In heutigen Supermärkten ist es aber, man munkelt, nicht immer ganz einfach, einen Angestellten zu finden. Diesmal hatte ich aber Glück. Ich traf unweit vom Schnapsregal einen jungen Bediensteten und fragte ihn, ob er mir kurz den Giftschrank öffnen könne. Er meinte:

„Klar, aber haben Sie denn auch Ihren Ausweis dabei?"
Vor wenigen Wochen war ich fünfundsechzig geworden. Ich guckte den jungen Mann wohl etwas verdutzt an, er schaute ungerührt, brach dann aber in kurzes, schallendes Gelächter aus ob seiner gelungenen Veräppelung. Normalerweise bin ich nicht auf den Mund gefallen, aber ich lachte einfach nur herzhaft mit. Der Gag war gelungen. Der Lachapplaus dem jungen Mann gegönnt. Er vollzog sein Werk und drückte mir schließlich die Flasche Ouzo in

die Hand – spitzbübisch grinsend. Ich nahm sie entgegen und spielte einen auf frischer Tat ertappten Sechzehnjährigen – kurz nach links und rechts guckend, ob auch keiner guckt. Man verabschiedete sich bis zum nächsten Mal. Ich ging zur Kasse.

So spielt mittlerweile das Leben – kurz vor der Rente. Inzwischen gucken nicht nur die schönen Mädels durch einen hindurch. Jetzt veräppeln einen auch noch pfiffige Jungs.

———————

Wie sehr muss ich Dich lieben, meine Muse, dass ich so um Dich kämpfe?

Ich wusste schon als Kind, wie man die damals üblichen einfachen Türschlösser mit einem Dietrich öffnet. Sieben Kinder und zwei Eltern – der Bedarf an Schlüsseln war in meiner Familie recht hoch. Oft ging einer verloren. Ersatz kostete Geld. Wozu das ausgeben, zumal man wenig hatte, wenn es ein Dietrich auch tut?

Es war für mich also kein Problem, die verschlossene Tastaturklappe des Flügels zu öffnen. Das Problem war vielmehr, dass die Pausenhalle, in der er stand – ein damals moderner, also ziemlich unansehnlicher flacher Anbau an das alte Zentralgebäude der Grund- und Hauptschule –, selten menschenleer war. An einer Front der Halle waren auch die neuen Toiletten zu finden. Die durfte man zwar nur in den Pausen nutzen. Aber nicht immer hielten sich alle an diese Vorschrift. Vor allem die Lehrkräfte nicht. Die musste ich also fürchten. Und vor allem den Hausmeister, Herrn Wachtmeister, einer von der rauen, strengen, unfreundlichen Sorte – Manieren und Verhalten hatte er ziemlich sicher auf dem Kasernenhof gelernt. Und man schrieb etwa das Jahr 1966 und befand sich in einem kleinen Ort im tiefen ländlichen, katholischen, konservativen Süden Deutschlands.

Mir blieben also nur freie Zwischenstunden oder die Zeit nach Schulschluss, wenn das Schulgebäude aber oft noch zugänglich war, um mich in die Pausenhalle zu stehlen. In der Hoffnung, sie leer vorzufinden.

Wenn das der Fall war, war die Klappe des Flügels schnell geknackt. Ich zog die Klavierbank hervor, setzte mich und fing an zu spielen. Nun ja, anfänglich zu klimpern. Ich war fasziniert von diesem Instrument. Versank in Fantasie- und Traumwelten, wenn ich Melodien und Harmonien entwickelte, erste kurze Themen und kleine Liedchen.

Solche Situationen nutze Hausmeister Wachtmeister gnadenlos aus, um sich, wenn er mich ertappte, an mich heranzupirschen und dann schlagartig zusammenzuscheißen. Was mir denn einfiele, mir Rotzbengel. Das sei doch verboten, das wüsste ich doch. Beim nächsten Mal würde er zum Rektor gehen. Ich solle mich wegscheren. Letzteres zu sagen, war eigentlich immer überflüssig. Wachtmeister musste nämlich die gesamte Pausenhalle diagonal durchqueren, durchpirschen, um zu mir und dem Flügel zu kommen. Irgendwann bemerkte ich ihn, sprang auf und rannte weg, so schnell ich konnte. Mich zu greifen, schaffte Wachtmeister nie. Kein einziges Mal.

Das ging so lange Zeit – der Flügel und ich und meine Angst, erwischt zu werden. Eines Tages, ich klimperte wieder weltvergessen, tauchte am Rande meines Blickfeldes eine ungewöhnliche Person auf – weit größer, mächtiger als der klein gewachsene, fast gnomenhafte Herr Wachtmeister. Sie kam langsam auf mich zu. Ich brauchte wieder Zeit, das zu realisieren, sprang dann unwillkürlich auf und wollte schon wegrennen. Die Person war in der Tat nicht Wachtmeister, sondern Herr Fraenkel, der neue Musiklehrer der Schule. Er lächelte, besänftigte mich mit einer Geste und rief mir halblaut zu, dass ich doch bleiben solle, keine Angst zu haben brauche. Ich blieb, aber mir pochte doch das Herz.

Das sei sehr schön gewesen, was ich da gespielt habe, sagte Herr Fraenkel, als er schließlich vor mir stand. Ob ich denn schon richtigen Musikunterricht hätte, hier in der Schule oder zu Hause? Weder das eine noch das andere, sagte ich ihm, Musikunterricht bekämen erst die Größeren, und wir zu Hause hätten leider kein Klavier.

Damals war das noch so, dass die Kleinen in den ersten Klassen eine Art Musikunterricht von der Klassenlehrerin oder dem Klassenlehrer bekamen, integriert in den Deutschunterricht, wenn so und so Gedichte gelernt wurden oder eben Lieder. Erst die Größeren, Älteren bekamen irgendwann richtigen Musikunterricht bei einem richtigen Musiklehrer. Herr Fraenkel war der Erste von ihnen an dieser Schule, wenn ich es recht erinnere. Ganz neu, ganz frisch. Wir kannten uns noch nicht, ich hatte ihn nur mal auf dem Gang oder Schulhof gesehen.

Wo ich das, was ich gerade gespielt habe, denn gelernt hätte? Ich senkte verlegen den Kopf und meinte kleinlaut – na hier. Das hätte ich mir selbst beigebracht. Einfach so. Herr Fraenkel sah mich gütig, aber auch etwas ungläubig an. Und da erklärte ich ihm alles – das mit dem Flügel und mir, und dem Dietrich, und dem Wachtmeister, und meiner Angst, und dem Wegrennen.

Herr Fraenkel schien erstaunt, schüttelte verständnislos den Kopf. So ginge das ja gar nicht. Das sei ja unglaublich. Er fasste sich ans Kinn und sah mich eine Weile nachdenklich an. Schließlich fragte er, ob ich wolle, dass er mir Klavierunterricht gibt. Umsonst. Ich lief wohl rot an, hätte ihn fast umarmt. Ja klar, wolle ich das. Er legte seine Hände auf meine Schultern und drückte sie kurz. Dann machen wir das! Ich solle mich einfach gleich morgen im Lehrerzimmer melden, am besten in der großen Pause. Er müsse jetzt dringend weg. Herr Fraenkel verabschiedete sich, drehte um und entschwand in einer der Toiletten.

Ich rannte überglücklich nach Hause und erzählte meiner Mutter sofort die frohe Botschaft.

Die Sache scheiterte schließlich daran, dass wir zu Hause kein Klavier hatten, an dem ich hätte spielen und üben können. Und wir hatten kein Geld, eines zu kaufen. Ich war seit über einem Jahr Halbwaise, meine Mutter Witwe mit noch fünf Kindern im Hause, die versorgt werden mussten. Es fehlte in meiner Familie an allem. Alles war knapp.

Als kleiner Junge, gerade mal in der zweiten Klasse, begriff ich diese prekären familiären Verhältnisse, für die meine Mutter absolut nichts konnte, erst Schritt um Schritt. Als meine Mutter mir klargemacht hatte, dass ich kein Klavier würde haben können, um zu üben und zu spielen, wurde ich wütend und fing vor Verzweiflung an zu weinen. Und ich machte meiner Mutter einen schweren Vorwurf: „Die andern Kinder in der Schule hamm immer allet – und ick hab' immer nüscht!"

*

Ich nahm, was kam, aber es kam nichts. Lange Zeit. Meine große Liebe neben dem Klavier war das Schlagzeug. Es war für mich und meine Mutter aber so unerschwinglich wie ein Klavier. Ich trommelte deswegen auf allem herum, was ich finden konnte. Oft baute ich mir zu Hause ein Schlagzeug zusammen – aus Töpfen, Deckeln, Plastikschüsseln und Eimern. Mit Kochlöffeln als Trommelstöcken. Auch das konnte ich nur heimlich machen, wenn ich alleine zu Hause und meine Mutter einkaufen war oder als Aushilfe in der Küche einer Gastwirtschaft arbeitete, um ihre kleine Witwenrente aufzubessern. Schnell stellte mich meine Mutter zur Rede. Wie denn die ganzen abgesplitterten Stellen an zig Emailletöpfen zustande gekommen seien? Und auch die Nachbarn hatten sich immer wieder mit lautem Klopfen gegen die Decke oder Wand beschwert. Sie waren von meinen ersten perkussiven Versuchen am selbst gebastelten Schlagzeug nicht so ganz begeistert. Also musste ich auch diesen Versuch final abbrechen, in die Welt der Musik zu gelangen, die Welt meiner Träume, Fantasien und Sehnsüchte.

Irgendwann kaufte ich mir eine Wandergitarre. Fast aus Verzweiflung. Irgendetwas zum Klimpern, Musikmachen. Unterricht konnte ich mir nicht leisten. Ich brachte mir alles selbst bei. Ohne Lehrbuch. Auch das war zu teuer. Mit zehn Jahren hatte ich angefangen, Zeitungen auszutragen. Ich sparte alles von meinem mickrigen Lohn, was ich sparen konnte. Bis ich mir mit einem kleinen Zuschuss meiner Mutter die Gitarre leisten konnte. Da war ich, glaube ich, zwölf Jahre alt. Oft nutzte ich die Gitarre auch als Perkussionsinstrument. Nach Art von Flamencogitarristen. Das Trommeln, die Rhythmik, das Perkussive – ich kam nicht weg davon.

*

Und dann passierte eine ganz große Sache. Freund Huschu – auch für ihn gab es kaum Schöneres als die Musik – bekam mit vierzehn Jahren von seinen Eltern sein erstes Schlagzeug geschenkt. Er war überglücklich. Ich auch.

Dazu muss man zunächst wissen, dass ich im gleichen Jahr, ich war erst dreizehn, eine Sondergenehmigung bekam, um ein Mofa fahren zu dürfen – was, damals noch ohne jeden Führerschein, normalerweise erst ab fünfzehn Jahren möglich war. Aber auf dem Amt in dem kleinen Städtchen war man gnädig, man kannte mich. Die Zuständigen wussten, dass ich arbeiten, Zeitungen austragen musste, um meine inzwischen sehr kranke Mutter zu unterstützen, finanziell zu entlasten. Und einen sogenannten Idiotentest bestand ich problemlos. Das Problem war nur – ich hatte gar kein Mofa. Auch das war viel zu teuer für mich, für meine Mutter.

Aber mir kam eine Idee: Meine Mutter bestellte – wie so viele Menschen in dem kleinen Städtchen im ländlichen Raum – Dinge, die man vor Ort nicht kaufen konnte, über den Versandhandel. Damals Neckermann, Otto & Co. Das war ganz normal. Auch Ratenzahlung in vielen, vielen kleinen Raten war ganz normal – bei kleinen Leuten wie uns. Ich rechnete die Sache durch: Wären zwanzig Raten möglich, müsste ich ungefähr die Hälfte meines monatlichen Verdienstes als Zeitungsjunge in die Ratenzahlung investieren. Nach zwanzig Monaten wäre das Mofa abbezahlt. Und in dieser Zeit könnte ich es schon nutzen, um etwas mehr Geld zu verdienen mit dem Zeitungsaustragen, weil sich durch das Mofa mein Aktionsradius und meine Zeiteffizienz erweitern würden.

Meine Mutter war schnell überzeugt von meinem Plan und unterschrieb die Bestellung – ich konnte das altersbedingt noch nicht. Aber zu jener Zeit unterschrieb mir meine Mutter eigentlich alles. Ich hatte nach außen hin die Funktion ihrer Beine, die nicht mehr richtig konnten, und auch teilweise ihres Kopfes übernommen, erledigte alles für sie auf Ämtern, Behörden, bei Post und Sparkasse. Da kam es schon mal vor, dass ich kurz eine Unterschrift eigenhändig nachtrug, wenn meine Mutter eine auf einem Formular vergessen hatte und ich schon auf der Behörde war. Notfall oder Gefahr im Verzuge könnte man das nennen. Oder auch Faulheit, nach Hause latschen zu müssen und wieder zurück. Das Ergebnis war so und so dasselbe.

Wie auch immer: Der Versandhandel billigte die Zahlung in zwanzig kleinen Raten. Bald darauf stand mein Mofa vor der Tür. Eins von Garelli. Voll cool. Mit dreizehn. Wie würde mein langes Haar durch den Fahrtwind flattern, wie würden die Mädels schmachten am Straßenrand – ach!

Freund Huschu freute sich über mein neues Mofa also mindestens genauso, wie ich mich über sein erstes Schlagzeug gefreut hatte. Denn der Deal war schnell der, dass ich in Huschus erster Band öfter mal ans Schlagzeug durfte, während er mit großer Freude auf meinem Mofa durch die Gegend sauste. Mein erstes Stück, das ich mit Huschus Band gespielt hatte, war „Let's work together" von Canned Heat – glaube ich zumindest noch zu wissen. Das passte zu unserem Deal.

Leider war Huschu schon ein Jahr später fünfzehn und hatte dann auch sehr bald ein eigenes Mofa. Ich hatte plötzlich keine Pfunde mehr zum Wuchern. Hier und da konnte ich noch spielen. Aber grundsätzlich war es nun mal Huschus Schlagzeug und seine Band und sein Ding. Das war völlig okay. Zudem spielte Huschu auch bald in anderen Bands und hatte sein Schlagzeug mal hier, mal da stehen, oft nur schwer oder auch unerreichbar für mich.

Auf diese Weise war auch mein nächster Versuch, die Welt der Musik – meiner Muse, meiner großen Liebe – auch als Musiker zu erobern, erst mal wieder zu Ende. Ich klimperte weiter auf meiner Wandergitarre rum. Mit einer elektrischen Gitarre samt Verstärker hätte ich womöglich was werden können. Es gab Anfragen von Leuten, die mich an meiner Wandergitarre gehört hatten. Aber auch für eine E-Gitarre samt Verstärker hatte ich kein Geld.

*

Ich lief, von der Weidenallee kommend, über die Kreuzung direkt in die Schanzenstraße. Hinten links der U- und S-Bahnhof Sternschanze. Rechts, keine fünfzig Meter weiter, das Pianohaus Trübger. Im Hamburger Schanzenviertel eine Institution – seit einhundertfünfzig Jahren. Ich lebte erst kurze Zeit am Rande des Viertels, etwas weiter weg. Aber es zog mich immer wieder zu Trübger – nur um mir an den Schaufenstern die Nase platt zu drücken. Blicke zu werfen auf die Objekte meiner Sehnsucht. Unerreichbar.

Gleich zu Anfang der Schanzenstraße fielen mir zwei Schwarzafrikaner auf, die in einiger Entfernung in meiner Richtung gingen und gerade kurz vor Trübger waren. Sie waren sehr schön gekleidet, traditionell, trugen bunte, farbenfrohe, blumig gemusterte Hemden, fast schon Gewänder. Es war eine Freude, ihnen auch nur beim Gehen zuzusehen. Sie waren gut drauf, tänzelten hier und da ein paar Schritte, und wohl auf dem Weg von oder zu einer Feier, einer Tanzveranstaltung – aber vielleicht waren sie auch immer so gut drauf.

Dann passierte etwas Denkwürdiges. Etwas, was mich prägen sollte. Bis heute – wo ich, wie zu lesen, davon berichte. Ich wurde von zwei Punkern überholt – Punkern wie aus dem Bilderbuch, in klassischer Montur, in vollem Punkerwichs. Inklusive Springerstiefel, natürlich mit roten Schnürsenkeln, und messerscharf das Firmament spaltendem Irokesenhaarschnitt. Die beiden wirkten regelrecht herausgeputzt. Womöglich wollten sie gleich rüber zum Bahnhof, sich eine Dose Bier aus dem Kiosk holen, um dann die Passanten zu fragen, Pardon, anzuhauen: „Hasse mal 'ne Mark?"

Ich sah die beiden Punker. Ich sah die beiden Schwarzafrikaner. Den kantigen Springerstiefelschritt der einen, ihre nicht nur etwas spröde Körpersprache, hüftsteif bis ins Genick, die Statur, von den stakenden dünnen Beinen abgesehen, zur Faust geballt. Und dagegen das geschmeidige, sich immer wieder in Tanzen verwandelnde Dahingleiten der beiden anderen. Jeweils zwei Wesen aus völlig verschiedenen Welten. Hier Walzer, Rumba oder Tango, dort Pogo, diese Tanz genannte martialische Rempelei.

Und ich schlug mir vor den Kopf, zumindest innerlich: Man konnte sehen, ich konnte sehen, wie die Musik klingt, die diese Wesen hören. Die beiden schwarz gekleideten, mit viel Metall dekorierten, musikalisch einsatzbereiten Punker. Und die zwei bunt umhüllten Schwarzafrikaner, womöglich auf dem Weg zu einem Konzert, das sie mit den Rhythmen der Welt, des Planetenlaufs, der Jahreszeiten, den Zyklen des Lebens verbinden würde – jenseits des lauten, harten, streng strukturierten Hämmerns der industriellen Welt, dem großstädtischen, durch Wecker und

Stechuhr vorgegebenen Lebenstakt. Ich konnte mit dem Auge sehen, was wahrzunehmen sonst dem Ohr vorbehalten ist.

Ich wusste in diesem Augenblick noch nicht, wie sich dieses – für mich – unglaubliche Erlebnis sinnbildlich auf meine weitere Entwicklung auswirken würde. Musikalisch vor allem. Aber auch darüber hinaus.

*

Mein Weg in die Black Music, wie man sie damals noch nannte, war aber schon vorgeprägt. Ich wusste nur noch nichts davon. Das Ereignis vor dem Pianohaus Trübger war quasi nur der letzte Wink, wenn nicht virtuelle Tritt mit dem Punkerstiefel, den ich brauchte, um zu begreifen, was mit mir vorging. Bis dahin, ich war achtzehn, neunzehn Jahre alt, hörte ich fast ausschließlich – man traut sich das heutzutage kaum auszusprechen – „weiße" Musik. Irgendwann ging es bei mir los mit den Beatles, weniger den Stones, dafür bald Canned Heat, Eric Burdon, Rory Gallagher. Die Letztgenannten also schon etwas „black" – über den Blues. Eric Burdon mit seiner Band „War" so und so. Und da war auch gleich zu Anfang Carlos Santana mit seiner Musik, dem Latin Rock. Irgendwie dazwischen und auch schon darüber hinaus – Richtung großer musikalischer Globalisierung, der entstehenden Weltmusik als großer stilistischer Fusion. Zum politischen Kosmopolitismus, in den ich denkend, als werdender Politikwissenschaftler und Philosoph, mehr und mehr hineinwuchs, gesellte sich Schritt um Schritt der musikalische Kosmopolitismus.

Aber dann, Rückgriff, war da erst mal diese unglaubliche kulturelle, musikalische Revolution, ja Eruption Ende der 1960er-, Anfang der 1970er-Jahre: Genesis, Yes, King Crimson, Emerson Lake & Palmer, Gentle Giant, Pink Floyd, Led Zeppelin und so viele andere. Musik, auch

Progressiv Rock oder Artrock genannt, in einer Komplexität entstand, wie man sie eigentlich nur aus der modernen Klassik, der Orchestermusik des Zwanzigsten Jahrhunderts kannte.

Ich erinnere einen Nachmittag Mitte der 1970er-Jahre.
Ich kam gerade von der Schule, dem Gymnasium, nach
Hause und schaltete, wie fast immer, sofort das Radio ein.
SWF3, wenn ich es recht erinnere. Die Musiksendung für
Jugendliche nachmittags hieß, glaube ich, „Pop Shop".
Die neue Langspielplatte der Gruppe Yes, „Relayer",
stand auf dem Programm. Gespielt wurde, sozusagen als
Appetizer, das Stück „Sound Chaser", fast zehn Minuten
lang. Ich flog fast vom Hocker, hatte so etwas Komplexes,
Anspruchsvolles noch nie gehört. Eine Komposition, wie
sie ein Strawinsky kaum komplexer hätte zu Papier bringen können. Gespielt nachmittags – in einer Jugendsendung. Wohlgemerkt. Man glaubt es heutzutage kaum
noch.

Ich wurde von dieser musikalischen Revolution derartig
erfasst, gefesselt, gebannt, dass ich kaum noch andere Musik hörte, von ersten Ausflügen in die Klassik abgesehen.
Es blieb auch kaum Zeit für anderes – fast im Wochenabstand kam eine neue Wahnsinnsscheibe einer dieser vielen
neuen Wahnsinnsbands heraus. Man kam kaum noch hinterher.

So bekam ich eine andere, nahezu zeitgleich laufende
musikalische Revolution größtenteils erst mit einiger Zeitverzögerung mit und nur teilweise und am Rande schon
von Anfang an. Sie erschloss sich mir auf einem Umweg
und quasi retrospektiv:

Zunächst war da plötzlich das Mahavishnu Orchestra.
Wie ein Raumschiff aus einer anderen Welt. Mit Musik
aus einer anderen Welt. Nie gehört, völlig einmalig. Und
mit John McLaughlin war da plötzlich ein Gitarrist, wie
ihn der Planet noch nicht gehört hatte, und mit Billy

Cobham ein Schlagzeuger, der einfach nur Unfassbares spielte, einen dynamischen, energetischen Stil, wie kein Schlagzeuger jemals davor. Keiner. Nirgendwo. Beide, McLaughlin wie Cobham, waren Entdeckungen von Miles Davis. Aber dessen, könnte man sagen, elektronische Revolution hatte ich irgendwie verpasst. Miles Davis – das war für mich zu jener frühen Zeit noch dieser olle Jazz von damals. Mit vielen Bläsern. Gegen die ich eine Aversion hatte – wer volkstümliche Blasmusik kennt, mit der ich in einem kleinen Städtchen im ländlichen Süddeutschland aufwachsen musste, weiß warum. Man hat so seine Prägungen. Seien sie noch so irrational.

Und dann war da – zweitens – plötzlich Frank Zappa. Der war auch schon Mitte, Ende der 1960er-Jahre am Start. Aber richtig aufmerksam wurde ich auf ihn erst, als er in seine Band George Duke und Napoleon Murphy Brock aufnahm – Afroamerikaner. Zappas Musik war noch genauso komplex und interessant wie davor, aber sie wurde rhythmisch runder, hier und da jazziger, more funky. Auch bei Zappa hinterließ die zweite musikalische Revolution tiefe Spuren.

Und das war sie eben, die zweite große musikalische Revolution jener Zeit: die, könnte man sagen, Elektrifizierung des Jazz durch Miles Davis. 1968 erschien sein Album „Bitches Brew" – der Meilenstein schlechthin bei der Entstehung von Jazzrock, Funk, Fusion und Weltmusik. Eine Entwicklung aus dem Jazz heraus – und bald weit über ihn hinaus. Alle Großen der ersten Generation dieser umfassenden Fusion-Bewegung stammten aus den Bands von Miles Davis: John McLaughlin, John Scofield, Chick Corea, Herbie Hancock, Joe Zawinul, Billy Cobham, Tony Williams, Wayne Shorter – und wie sie alle hießen und heißen.

Plötzlich war ich in dieser Welt – Black Music. Und ich war fasziniert. Dann kamen schnell George Benson, Al

Jarreau, Earth Wind & Fire. Wahnsinnsbassisten wie Stanley Clarke, fantastische Schlagzeuger wie Dennis Chambers. Diese komplexe Rhythmik – Jazz, Funk, Latin, Rock, indische Einflüsse, eben Fusion, Weltmusik. Von allem das Feinste.

Mein Weg hin zur Black Music und Weltmusik war aber nie ein Weg weg von Artrock oder Progressiv Rock. Letztere inspirierten mich vielmehr, einen anderen, für mich zunächst fremden Kontinent zu erobern: die moderne Klassik, die orchestrale Musik Ende des Neunzehnten und weit hinein ins Zwanzigste Jahrhundert. Gustav Mahler, Maurice Ravel, Claude Debussy, Dimitri Schostakowitsch, Sergei Prokofjew, Olivier Messiaen und meine späte Entdeckung Alexander Tscherepnin – das waren meine neuen Heroen. Wohlgemerkt: neben meinen Helden aus Progressiv und Artrock sowie Black Music. Alle auf Augenhöhe. Absolut.

Wie man Musik von Earth Wind & Fire genauso gut finden kann wie die von Dimitri Schostakowitsch? Um mit Duke Ellington zu antworten: Es gibt nur zwei Arten von Musik – gute und schlechte. Reduktion auf eine Stilistik ist dann nur noch etwas für kulturelle Provinzdeppen und musikalische Dorftrottel, für die Jazzpolizei und den Klassikblockwart, den stalinistischen Kulturkommissar oder Volksbeauftragten zur Pflege heimatlichen Liedguts.

Um den Kreis zu schließen: Man muss sich der Szene vor dem Pianohaus Trübger bewusst sein, wenn man verstehen will, warum ich damals – auf meinem schon recht weit vorangeschrittenen Weg in die Black Music – im Freundeskreis öfter, natürlich mit kräftigem Augenzwinkern, meinte, dass ich womöglich nur aufgrund eines genetischen Fehlers als Weißer auf die Welt gekommen bin.

Und nur dann wird man nachvollziehen können, warum ich einer ehemaligen Freundin, die, als wir frisch verliebt waren, mich löcherte und löcherte, was ich denn von Punk

halte, irgendwann, und zwar nach langem höflich-diplo-
matischem Schweigen oder Ausweichen, entnervt entgeg-
nete: Punk ist nordeuropäisch weiße Klemmarschmusik.

Nein, deswegen hat sie mich nicht verlassen, meine damalige Freundin. Aber ich könnte hier einige Beispiele
aufführen, wie das Auseinanderentwickeln von Musikge-
schmack ganz wesentlich zur Auseinanderentwicklung
von Freundschaften beigetragen hat. Was wurde mir nicht
alles an den Kopf geknallt, als ich es wagte, andere Konti-
nente der Musik zu erobern: Ob die bislang gemeinsam
gehörte Musik nicht mehr gut genug sei? Ob ich jetzt wohl
etwas Besseres sei? Was ich denn da für eine intellektuelle
Scheiße anhöre – oder auch für einen kommerziellen
Müll? Das sei, je nachdem, doch nur noch reine und vor
allem kalte Technik – oder, wahlweise, primitives Disco-
Gehämmer. Fünf-Viertel- oder Sieben-Achtel-Takte,
komplexe, schräge Rhythmik – intellektuelles Gewichse.
Symphonien, deren erster Satz schon eine Dreiviertel-
stunde geht – abgehobenes Zeugs für intellektuelle Wich-
tigtuer.

Ja, ich verlor einige Freunde, weil ich zu sehr, zu intensiv
meiner großen Liebe nachstellte. Ihr folgte in unbekannte
Welten der Harmonik, Melodik, Rhythmik, der Fantasie,
der Träume. Wer rausgeht in die weite Welt, der lässt hier
und da auch einige zurück. Auch wenn er es gar nicht will.
Eigentlich.

*

Ich war schon zwanzig Jahre alt, als ich mir mein erstes
Schlagzeug kaufte – kaufen konnte aus nicht ganz schönem Grund. Meine Mutter war gestorben, nun war ich
Vollwaise und bekam eine Vollwaisenrente. Aber die ließ
auf sich warten, erst nach einem halben Jahr bekam ich
eine erste monatliche Zahlung – und eine für mich mäch-
tige Nachzahlung. Andere in meiner Altersklasse hätten

sich ihr erstes Auto gekauft. Ich kaufte mir mein erstes Schlagzeug. Und ich war wild entschlossen, jetzt alles nachzuholen, zu üben, zu lernen, so viel es nur ging – obwohl mir natürlich klar war, dass ich in diesem Alter eben nicht würde alles nachholen können. Mir fehlten zehn Jahre. Die allerwichtigsten, entscheidenden Jahre. Wer ein Musikinstrument virtuos beherrschen möchte, sollte so früh wie möglich damit anfangen, es zu erlernen.

So klar mir das war – so egal war es mir. Ich hatte mir meinen Traum erfüllen können. Ich konnte Schlagzeug spielen. Endlich. Jeden Tag. So oft es nur ging.

Und ich hatte Glück, fand schnell eine erste Band mit einem Proberaum in einer Straße, in der ich bald auch eine Wohnung finden sollte – der Himmel für einen Schlagzeuger. Aber über die Jahre kamen andere Bands mit Proberäumen in anderen, oft weit entfernten Stadtteilen. Dann ging es wieder los mit dem Rad durch – nicht selten – Regen oder gar Schnee, Wind und Kälte. Oder hier und da auch brütende Hitze. Jeden Tag, um üben, spielen zu können.

Und was für Proberäume das in der Regel waren: fensterlose miefige Kellerräume oder ebenso fensterlose Räume in heruntergekommenen Hochbunkern, zwar mit fließendem Wasser, aber oft auch nur die Wände runter. Ein Proberaum war in einem stillgelegten Verwaltungstrakt des Hamburger Schlachthofes. In den oberen Etagen übte oder probte man, unten wurden Schweine geschlachtet. Schaute man aus dem Fenster über die Mauer hinweg, die das Schlachthofgelände umgibt, sah man eine Häuserzeile. Mittendrin ein Haus mit schönen roten Lampen in allen Fenstern. Ein Puff. Zu welcher Musik eine solche Umgebung, ein solches Ambiente wohl inspirieren würde, ließe man sich davon inspirieren? Wahrscheinlich die von Rammstein.

*

Und ich war schon fünfundzwanzig Jahre alt, als ich mir mein erstes Klavier leisten konnte. Ich verdiente, von Jobs in den Semesterferien abgesehen, mein erstes regelmäßiges Geld als Wissenschaftlicher Assistent. Nach wenigen Monaten hatte ich so viel angespart, dass ich mir zumindest ein gebrauchtes, aber sehr gutes Digitalpiano leisten konnte – für ein richtiges und vor allem gutes Bioklavier fehlte mir noch immer das Geld. Und einen vernünftigen Stellplatz dafür hätte ich in meiner Wohnung auch nicht gehabt. Also wurde es ein digitales Piano – aber mit gewichteter Volltastatur und gesampelten, also naturgetreuen Sounds. Das war damals noch eine Sensation. Ich war begeistert.

Der Verkäufer des Pianos hatte mir geholfen, es in meine Wohnung zu transportieren und dort aufzustellen. Ich hatte alles vorbereitet, den Pianoständer, die Klavierbank, den Verstärker, die Lautsprecherboxen. Ich dankte dem Mann und verabschiedete ihn. Ich schloss das Piano an den Verstärker an, schaltete beide ein, zog die Klavierbank heran und wollte ein paar Töne spielen. Aber ich zögerte. Mir kam etwas in den Sinn. Ich stand wieder auf, ging zum Schlüsselbrett im Flur. Dort hing mein Dietrich. Ich nahm ihn, ging zurück und legte ihn auf mein neues Piano. Mein erstes. Ich setzte mich und strich sanft über die Tastatur. Ein Film durchraste mein Gehirn. Mein Weg zur Musik.

Wie sehr muss ich Dich lieben, meine Muse, dass ich so um Dich kämpfe?

———————————

Honniauit. Sellkaitsi!

Die Sonne stand glutrot schon sehr weit im Westen. In Kürze würde sie hinter den Horizont tauchen. Ich saß auf einem Bänkchen fast direkt am Wasser. Der Bodensee, sein nordwestlicher Arm, erstreckte sich vor mir in seiner ganzen Schönheit. Das Wasser war sehr glatt. Kaum ein Lüftchen wehte. Wenige Menschen schlenderten durch den kleinen Park, saßen auf Bänken oder auf dem Rasen, um den bald kommenden Sonnenuntergang zu genießen.

Direkt hinter mir verlief ein schmaler Weg. Ab und zu gingen ein paar Leute vorbei, schweigsam oder plaudernd. Ich achtete kaum darauf, was sie sagten – wenn sie überhaupt etwas sagten und gerade auf meiner Höhe waren. Die Stimmung war einfach zu andachtsvoll, meine Gedanken waren irgendwo und vor allem nirgendwo, nicht in Lauerstellung, um bedeutungsvolle Sätze aufzuschnappen oder neugierig zu partizipieren an dem, was die Menschen so schwatzten, fabulierten, erzählten.

Obwohl ich mir oft einen kleinen Sport daraus mache: Sprachen zu erraten, die man hört, aber nicht versteht. Im Hamburger Schanzenviertel zum Beispiel, speziell im Sommer, in der Reisesaison, wenn zum Publikum aus anderen Stadtteilen viele Touristen aus aller Welt dazukommen und sich auf den Straßen, Gehwegen und der Piazza drängen. Vor allem viele junge Leute, als Paare oder in kleineren oder größeren Gruppen, die Städteurlaub im schönen Hamburg machen. Und ein Besuch seines In-Viertels schlechthin, des Schanzenviertels eben, an dessen Rand ich lebe, darf da natürlich nicht fehlen.

Wenn man dann irgendwo sitzt und das Leben und die Menschen an sich vorüberziehen lässt, hört man alle möglichen Sprachen. Auch viele, die man selbst nicht spricht, aber phonetisch, also lautlich, lautsprachlich ziemlich klar zuordnen kann – nur Französisch klingt wie Französisch oder Spanisch wie Spanisch. Italienisch, auch eine romanische Sprache, klingt schon wieder anders. Und ich kann sogar das Japanische vom Chinesischen unterscheiden – klanglich. Das Chinesische ist, hat man das Gefühl, reine tonhöhenverliebte Lautmalerei, das Japanische eher konsonantenlastig, es klingt einfach etwas härter. Schwierig wird es – für mich zumindest –, die nordeuropäischen Sprachen zu unterscheiden. Wahrscheinlich, weil sie größtenteils der germanischen Sprachfamilie angehören und ähnlich klingen wie die eigene Sprache, das Deutsche. Dänisch, Schwedisch, Norwegisch – das kann ich phonetisch kaum unterscheiden.

Ebenso interessant wie amüsant ist in solchen Situationen, dass man gelegentlich eine Sprache zunächst als unverständliche Fremdsprache hört und einordnet – obwohl es, im Extremfall, die eigene ist oder eine der Fremdsprachen, die man gut beherrscht. Man ist in solchen Situationen quasi auf Phonetik getrimmt, nicht Semantik, auf Klang, nicht Bedeutung. Dazu reicht schon ein vom Hochdeutschen kräftig abweichender deutscher Dialekt oder das Hören nur von – auch hochdeutsch gesprochenen – Satzfragmenten, die für sich, erst mal, keinen Sinn ergeben.

Sie ergeben vor allem dann keinen Sinn, wenn man nicht auf sie achtet, wenn man, wie ich damals auf meinem Bänkchen am Bodensee, momentan nicht auf Sprachenraten, auf Zuhören geeicht ist. Ich hatte vielmehr gerade meine Dose Feierabendbier geöffnet und mein Sinnen noch immer ganz auf den Sonnenuntergang und die friedliche Abendstimmung gerichtet. Aber womöglich reichte schon das Öffnen der Dose, das Zischen der entweichenden Kohlensäure, mich kurz aus meiner seligen Andachtsstimmung zu holen.

Denn genau in diesem Moment hörte ich hinter mir einen Menschen sagen: „Honniauit". Und gleich darauf einen anderen: „Sellkaitsi!" Die beiden männlichen Sprecher müssen im Augenblick der Artikulation direkt hinter mir gewesen sein. Ich hörte sie klar und deutlich – und verstand kein Wort.

Sofort war ich wieder beim Sprachenraten. War das Chinesisch? Oder Japanisch? Ich drehte mich unwillkürlich in die Richtung, in der die beiden Männer weitergegangen waren. Sie waren in einiger Entfernung stehen geblieben und schauten auf den See in Richtung untergehender Sonne.

Nein, wie chinesische oder japanische Touristen sahen sie ganz und gar nicht aus, sondern – durch die Soziologenbrille betrachtet – wie zwei bravbürgerlich gekleidete Bravbürger aus dem tiefen, ländlichen Alemannischen. Dort war ich selbst aufgewachsen. Ich kannte den alemannischen Dialekt also sehr genau.

Und erst jetzt begriff ich, rekonstruierte ich langsam, was die beiden gesagt hatten: „Honn i au it" und „Sell ka it si!". Auf Hochdeutsch: „Habe ich auch nicht" und „Das (selbiges) kann nicht sein!" Warum der eine das eine und der andere das andere gesagt hatte – keine Ahnung. Den Vorlauf des Gesprächs hatte ich nicht mitbekommen.

Wie auch immer, ich musste schmunzeln, griff mein kühles Bier, trank ein paar Schlucke und widmete mich wieder der untergehenden Sonne.

Zumindest versuchte ich es. Aber ich kam nicht mehr ganz zurück in meine wohlige Andachtsstimmung. Ich geriet eher in Gackerstimmung. Denn mir fiel ein Sprachrätsel ein, das mir ein guter Freund vor einiger Zeit zur Lösung aufgegeben hatte. Ein Rätsel derart, dass man demjenigen, der es einem stellt, nach kurzer Zeit völlig vergeblicher Lösungsversuche am liebsten an die Kehle springen würde. Und mein Freund warnte mich noch vor. Er sagte, er würde mir gleich einen vollständig korrekt ausgesprochenen deutschen Satz sagen – und ich solle ihm sagen, was der Satz bedeutet. Dieser Satz lautete phonetisch wie folgt: „Äptemähnich, äptebeten."

In dieser graphemischen, also schriftsprachlichen Variante kann man womöglich recht schnell herausfinden, rekonstruieren, was semantisch gemeint ist. Wenn man das „Äptemähnich, äptebeten" aber wirklich nur hört, kann man ebenso schnell in Wahnsinn geraten beim Versuch, das Rätsel zu lösen und die Satzsemantik zu erfassen. Das gelingt den meisten Rätselnden selbst dann nicht, wenn der Rätselsteller den Satz auf Wunsch mehrfach wiederholt: „Äptemähnich, äptebeten". Genüsslich wiederholt. Worauf man ihm mit zunehmender Verzweiflung am liebsten ebenso genüsslich eine reinhauen möchte.

Entweder bekam es mein Freund mit der Angst zu tun, als er meinen zunehmend entgleisenden Gesichtsausdruck sah, oder ihn ereilte im letzten Moment, bevor das Unglück seinen Lauf nahm, ein Anfall von Gnade: „Äbte mähen nicht, Äbte beten." Im Klostergarten mäht der Klosterbruder, der Mönch, das Gras, der Abt, sein Chef, betet so lange. Und es sage keiner: „Sellkaitsi!"

———————————

Der kleine Supermarkt

Normalerweise gehöre ich zu der Sorte, die einen Supermarkt lieber verlässt als betritt, die, wenn sie denn drin ist und drin sein muss, ihn im Laufschritt durcheilt, den Weg durch die Gänge vorab genau plant, um möglichst schnell wieder draußen zu sein – und der kein schlimmeres seelisches Leiden zugefügt werden kann als die quälende Erkenntnis, dass man die falsche der beiden Schlangen vor den zwei geöffneten Kassen gewählt hat. Jene Schlange, in der es nicht vorangeht, weil irgendein Idiot einen Kassenzettel reklamiert, auf dem, wie sich meist herausstellt, nichts zu reklamieren war: „Ach so, die 200-Gramm-Packung Vollmilchschokolade von Blindt war im Angebot, nicht die 100-Gramm-Packung?"

Aber es gab mal eine Ausnahme, einen Ausnahmesupermarkt sozusagen, fast fünfundzwanzig Jahre lang, bis er vor einiger Zeit final geschlossen wurde aufgrund, wie ich erfuhr, zu geringer Umsätze: ein kleiner Supermarkt in meiner Straße, die kleinste Filiale einer großen Supermarktkette, in der ich je war. Der Laden hatte fast schon etwas von einem Tante-Emma- oder Onkel-Uwe-Laden. Vor allem auch deswegen, weil ein harter Kern der Bediensteten über lange Jahre identisch blieb, der Filialleiter wohl zwanzig Jahre. Man kannte sich, man grüßte sich, man hielt ein Schwätzchen, beliebte zu scherzen. Selbst das Warten in der Schlange vor der Kasse geriet oft zur Kurzweil, weil man dort nicht selten einen Freund, Bekannten oder Nachbarn traf und hochwichtige Belanglosigkeiten austauschen konnte.

Oder weil gelegentlich ulkige Dinge passierten. Eines Tages zum Beispiel stand vor mir in der Schlange eine ältere, etwas korpulente Frau. Zu jener Zeit, vor fast dreißig Jahren, nannte ich diesen Typus Frau immer Nachkriegsmutti, natürlich nur in Abwesenheit solcher Exemplare: stämmig, breit in der Hüfte, oft dickbusig, klassisch kleinbürgerlich gekleidet, eine unförmige Handtasche in der einen Hand, eine Einkaufstasche oder einen Einkaufstrolley, aus denen Grünzeug oder eine Achterpackung Klopapier lugten, in der anderen. Zu Hause trug sie Schürze und versorgte einen wegen Staublunge oder steifem Knie frühverrenteten Mann, der den ganzen Tag entweder vor der Glotze oder am Küchentisch saß, um sich bedienen zu lassen, seiner Frau Ratschläge und Anweisungen zu geben oder mit völligen Belanglosigkeiten zu beelenden.

Aber um diese Nachkriegsmutti ging es erst mal nicht. Direkt vor ihr hatte gerade ein älterer Mann bezahlt, vom Typus her ein, könnte man sagen, klassischer Nachkriegspappi – nur ohne steifes Knie. Er ging mit seinem Einkaufskorb zum zwei, drei Meter weiter stehenden Packtisch, in dessen Schlitze man auch Verpackungen aus Plastik oder Pappe werfen konnte. Beim Einpacken muss ihm dann irgendetwas heruntergefallen und unter den Packtisch gerollt sein. Der Mann bückte sich, immer tiefer, irgendwann kniete er auf allen vieren, um unter den auf kleinen Stelzen stehenden Tisch gucken zu können.

In diesem Augenblick lief der Filialleiter vorbei, ich nennen ihn mal Volker, ein netter, kesser, lebenslustiger, humorvoller Mann mit, wie man sagt, Denkerstirn bis in den Nacken, also spiegelblankem, man hatte den Eindruck: poliertem Haupte. Er blieb beim knienden alten Mann kurz stehen, beugte sich zu ihm runter und fragte: „Beten Sie?"

Die Nachkriegsmutti, die ihre Sachen schon an der Kasse in ihre Tasche geräumt hatte, war in diesem Moment genau auf Höhe der beiden Männer – und sie schnodderte deutlich vernehmbar: „Na, dann soll er beim nächsten Mal doch besser seinen Teppich mitbringen."

*

Der kleine Supermarkt, eigentlich ein Discounter, der auch sogenannte Markenware im Sortiment hatte, bot über die Jahre mehr und mehr auch Bioerzeugnisse an. Eine Zeit lang gab es sogar offene Milch, die man sich selbst zapfen konnte, und zwar in speziell geformte Plastikflaschen mit Drehverschluss. Diese Flaschen konnte man gegen ein höheres Pfand leihen. Man konnte sie nutzen, so lange man wollte, aber auch zurückgeben, falls man, aus welchen Gründen auch immer, irgendwann nicht mehr wollte. Jedoch, wohlgemerkt, Rückgabe nur mit Drehverschluss, nur mit Deckel! Sonst bekam man sein Pfand nicht zurück.

Eines Tages war ich gerade auf dem Weg zur Milchzapfanlage. Dort stand neben Volker ein entnervter Mann, der zwei Pfandflaschen zurückgeben wollte – ohne Deckel. So gehts ja nicht. Volker machte das dem Mann freundlich, aber deutlich klar. Der Mann drehte irgendwann nach links ab und ging seiner Wege. Volker drehte nach rechts ab, hielt sich die Hand vor die Stirn und brabbelte irgendwas von Deckeln, Hirnis und anderen Knallschoten.

Als er mich sah, ich hatte schon meine zwei leeren Flaschen – samt Deckel – zapfbereit in Händen, blieb er neben mir stehen und beschwerte sich über das Unvermögen vieler Kunden, ihre vermaledeiten Flaschen doch, bitteschön, samt vermaledeiten Deckeln abzugeben. Volkers Beschwerde geriet zu einem nicht uninteressanten Vortrag über das Wesen und Wirken fehlender oder vorhandener Pfandflaschendeckel. Am Schluss lobte er mich dafür, dass ich immer mit Deckeln auftauche, das habe er genau beobachtet. Ich stimmte Volker zu. In Sachen Deckel sei ich ein sehr genauer Mensch – und ich hätte sogar noch alle Tassen im Schrank.

Wie schon gesagt, Volker war ein netter, kesser, lebenslustiger, humorvoller Mann. Er brach in schallendes Gelächter aus, beugte sich nach vorn, hielt sich mit einer

Hand den Bauch, die andere legte er kurz auf meine Schulter, um nicht umzufallen. Nach wenigen Sekunden versuchte er, sich einzukriegen. Er war ja, dachte er sich wohl,
auch Filialleiter und musste eine gewisse Contenance ein-
halten.

Er richtete sich auf, nahm sich, Tränen in den Augen, zusammen und sagte: „Köstlich, köstlich, der war gut …" Er
wandte sich ab und verschwand in einer Regalschlucht,
um seiner Arbeit nachzugehen.

Ich war noch einige Minuten im Supermarkt, um meine
restlichen Sachen einzusammeln. Aus besagter Regalschlucht prustete Volker, sichtlich, wenn nicht hörbar um
Unterdrückung seines Lachkrampfes bemüht, immer wieder los: „… alle Tassen im Schrank …", „…köstlich, köstlich …" Zehn Sekunden Pause. Dann wieder: „…
aaaaaalle Tassen im Schrank" …" Fünf Sekunden Pause.
„… voll auf den Deckel …"

*

Durch die Regalgänge geht man, in der Schlange steht
man. Beim Warten vor der Kasse hat man also Gelegenheit, auch Dinge mitzubekommen, die sich zeitlich etwas
hinziehen – wie an jenem Tag damals: Vor mir in der
Schlange stand eine Frau mit einem kleinen, süßen, lockenköpfigen Mädchen auf dem Arm, vielleicht zwei
Jahre alt. Und vor der Frau mit der kleinen Süßen waren
vielleicht noch zwei, drei Personen. Die Kleine flunkerte
mir immer wieder zu, als sie über die Schulter ihrer Mutter
sah. Ich flunkerte zurück und zog hier und da auch kleine
Grimassen. Die Kleine fand das überaus lustig. Die Mutter
bekam das mit, drehte sich ab und zu um und schmunzelte.
Ich guckte dann immer treudoof in die Luft.

An der Kasse saß, wie so oft, Herr Özdemir, so will ich
ihn mal nennen. Er war ein grundsätzlich eher ruhiger,
sparsam formulierender, hier und da schon fast

grummeliger Mensch, ansonsten aber ganz nett. Heute jedoch war er ganz anders. Er schien erfreut, erwartungsfroh und guckte und blinzelte immer wieder in Richtung der Frau mit dem Kinde auf dem Arm. Die Kleine war aber vor allem mit mir beschäftigt via Flunker- und Grimassenaustausch.

Als die Frau mit der Kleinen schließlich dran war, begrüßte sie Herrn Özdemir überfreundlich, drehte die Kleine um hundertachtzig Grad und streckte sie ihm entgegen, über das Laufband hinweg. Die Kleine strampelte vor Freude mit allen Ärmchen und Beinchen, als sie ihren – allem Anschein nach – Vater sah. Herr Özdemir stand kurz auf, beugte sich über das Laufband, und Vater und Tochter tauschten Küsschen um Küsschen aus.

Ich weiß auch nicht recht warum, aber ich brabbelte spontan vor mich hin: „Och, ich will auch mal …" Herr Özdemir lachte, setzte sich wieder und machte eine Geste, als wolle er sagen: „Aber bitte doch, gerne!" Daraufhin streckte mir seine Frau die kleine Süße freudig entgegen – und die strampelte mindestens so mit Ärmchen und Beinchen wie eben bei ihrem Vater.

Ich lief wohl rot an. Gott, war mir das peinlich. Och nein, meinte ich, das sei doch nur ein Witzchen gewesen, ich wolle die Kleine ja nicht in Schockstarre versetzen. Worauf mir die Frau das Lockenköpfchen aber nur noch umso bestimmter entgegenhielt. Hinter mir applaudierte einer, ein anderer feuerte mich durch Zuruf an. Okay, da musste ich durch. Ich nahm die Kleine sanft bei den Schultern und drückte meine Wangen, links und rechts, kurz an ihre. Jetzt applaudierten alle.

*

Ein Glück kommt selten allein. Es geschah direkt nach der Szene mit der kleinen Süßen an der Kasse. Nachdem sich alle freundlich voneinander verabschiedet hatten, ging ich raus und lief gut gelaunt meine kleine Straße entlang nach Hause. Kurz vor der nächsten Kreuzung fiel mir eine Frau auf. Sie stand in der rechts abgehenden Straße, die ich überqueren musste, hinter einem Auto, ich sah fast nur ihren Kopf, und versuchte, auf ihr Kind beruhigend einzuwirken, das nicht zu sehen war, aber lautstark lamentierte und weinte. Desto näher ich kam, desto deutlicher. Die Mutter blieb ruhig und freundlich und besänftigte weiter.

Worüber der kleine Junge sich beschwerte, verstand ich nicht. Was ich aber verstand, war „Papa!". Das kannte ich von anderen kleinen Kindern. Wenn dem Kinde etwas in Nähe des Papas passiert, ruft es nach der Mamma – und wenn in der Nähe der Mamma, soll halt Papa helfen. Mamma hat ja offensichtlich versagt, das Ungemach des Kindes zu verhindern. Oder Papa, je nachdem.

Genau in dem Augenblick, als an dem Auto vorbeilief, hörte ich noch mal „Papa!". Ich gucke um die Ecke, sah den Kleinen, der Kleine sah mich. Mit großen Augen. Er hörte vor Verblüffung spontan auf zu weinen – und sagte noch mal, jetzt viel leiser und mit ersterbender Stimme, „Papa". Wer war der Mann, der da plötzlich stand, als er nach seinem Papa rief?

Gedacht habe ich mir bestimmt nichts dabei. Eher reflexartig als reflektiert hob ich den Zeigefinger, wedelte mit ihm herum und meinte zu dem Kleinen und gleich aufblickend zur jungen Mutter: „Ich wars nicht!"

Ich lächelte die Mutter und das Kind kurz an, nickte und ging weiter. Die Mutter fing herzlich an zu lachen. Sie hielt kurz inne – es klang, als ob sie sich die Hand vor den Mund hielt. Dann lachte sie wieder laut raus. Ich war schon einige Meter weiter. Schließlich noch einmal. Vom kleinen Jungen war hingegen nichts mehr zu hören.

———————————

Der Wurm, der Horror und der Staubsauger

Es war Mitte Herbst, die Tage wurden kühler. Ich hatte morgens, zum ersten Mal in der Saison, einen Wollpullover angezogen. Er war etwas fusselig nach der langen Zeit im Schrank. Beim Frühstück schien er mir auch etwas zu muffeln – obwohl ich ihn mit allen anderen Wollpullovern, glaubte ich zumindest, gewaschen hatte, bevor er irgendwann im Frühjahr in den Schrank kam, um dort bis eben zu bleiben.

Nach dem Frühstück putzte ich mir die Zähne, immer wieder beugte ich mich über das Waschbecken. Plötzlich fiel von oben etwas Kleines ins Waschbecken. An meinem Kopf vorbei. Dachte ich. Das kleine Etwas bewegte sich. Es war eine Raupe, kaum länger als einen Zentimeter. Ich guckte nach oben. Da war nichts. Ich sah in den Spiegel. Sah mich. Meinen Pullover. Noch einige Fussel am Kragen. Ich trat näher. Jetzt bemerkte ich einige kleine Löcher im Kragen. Und dann etwas Kleines, das aus einem der Löcher lugte, herauswollte.

Ich warf meine Zahnbürste reflexhaft ins Waschbecken, riss mir wie ein Irrer den Pullover vom Leib und schmiss ihn ins Duschbecken direkt neben mir. Mit dem T-Shirt machte ich es genauso. Ich spülte schnell meinen Mund, dann das Waschbecken mit ordentlich Wasser, den Zahnpastaschaum samt Raupe in den Ausguss. Ich eilte in die Küche, holte einen großen blauen Müllbeutel aus dem Schrank unter der Spüle, ging wieder ins Bad, griff den Pullover mit zwei Fingern und expedierte ihn kunstvoll in den Müllbeutel.

Ich verschloss ihn, ging damit ins Schlafzimmer, stellte mich vor meinen Kleiderschrank und öffnete ebenso misstrauisch wie langsam beide Türen. Im oberen Fach lagen meine Wollpullover, jetzt noch vier. Ich nahm einen nach dem anderen vorsichtig heraus. Alle waren mehr oder weniger fusselig und hatten hier und da kleine Löcher, fast immer im doppelt gelegten Rund- oder V-Kragen. Ich stopfte alle behutsam in den blauen Müllbeutel. Als ich den letzten Pullover aus dem Fach nahm, sah ich hinter ihm an der linken Schrankinnenwand das Mottennest. So groß und geformt wie eine kleine Untertasse, die senkrecht an der Wand klebte. Ich sah das Nest interessiert an. Aus gehörigem Abstand. Ein kunstvolles Gespinst. Aber es musste weg. Nur wie – ohne einen Schwarm von Motten in mein Schlafzimmer zu befreien?

Ich holte meinen Staubsauger, entfernte den Saugkopf, sodass sich die Saugkraft vollständig auf das Ende des Saugrohres konzentrieren konnte. Ich schaltete den Staubsauger ein. Höchste Stufe, volle Kraft. Ich näherte das Saugrohr langsam dem Mottennest. Als das Rohrende etwa zwanzig Zentimeter vor dem Nest war, stieß ich es ruckartig an sein Ziel. Es machte schwupp – und das Nest war schlagartig weg. Nahezu ohne verbleibende Spuren. Später wischte ich den gesamten Schrank aus, untersuchte alle Kleidungsstücke. Auch die in meinen beiden Kommoden.

Aber zunächst verschloss ich den blauen Müllbeutel hermetisch, stellte ihn ins Treppenhaus vor meine Wohnungstür. Dann eilte ich ins Bad und duschte erneut. Doppelt so lange wie normal. Mindestens.

*

Ich hatte über die Jahre keine größeren Probleme mehr mit Motten oder anderen unliebsamen Tierchen in der Wohnung. Nur seitdem ich auf dem Spültisch einen kleinen Biomülleimer zu stehen hatte, gab es im Sommer öfter Probleme mit kleinen Fruchtfliegen. Öffnete ich den Biomülleimer, schwallte mir nicht selten ein mächtiger Schwarm Fruchtfliegen entgegen. Nicht gerade angenehm.

Einer bestimmten Prägung folgend, kaufte ich mir einen kräftigen Akku-Handstaubsauger. Vielleicht nicht ganz die feine Art. Aber hochwirksam. Den schon eingeschalteten Handstaubsauger in der einen Hand, den Deckel des Biomülleimers schnell mit der anderen Hand geöffnet – da schwallt fast alles in den Staubsauger und nichts mehr ins Firmament der Küche. Mit der Zeit exaltiert man seine Saugtechnik und Reaktionsfähigkeit, falls man die eine oder andere Fruchtfliege doch in den Lüften der Küche verfolgen muss. Zumindest bleiben die Fliegen bis zu ihrem Hungertod, der selbst durch Kannibalismus nur hinausgezögert werden könnte, in Gesellschaft – durch das durchsichtige Staubauffangbehältnis des Handstaubsaugers lassen sich in Stoßzeiten fünfzig, sechzig oder noch mehr Fruchtfliegen beobachten, die den Ausgang suchen. Ohne Chance. Denn der wirkt wie eine Falltür. Rein geht es schnell. Raus kommt man nimmer.

Im letzten Frühjahr, noch bevor es mit der Fruchtfliegenplage losging, tauchten unverhofft kleine Motten in meiner Wohnung auf. Motten, nicht ihre Raupen. Etwa einen Zentimeter lang und sehr schmal, wenn sie irgendwo an der Wand saßen, auf einem Möbelstück oder sonst wo. Der Handstaubsauger kam mehrfach täglich zum Einsatz. Aber es nahm kein Ende. Über Wochen. Ich suchte irgendwann alle Schränke ab, alle Kommoden und Bücherregale. Auch die Hängeschränke in der Küche samt allen Behältnissen darin. Erfolglos. Ich fand keine Mottenquelle, kein Nest.

Das Staubsaugen der ganzen Wohnung stand seit längerer Zeit an – inklusive aller meiner Bücherregale. Deswegen schob und schiebe ich diese Arbeit immer gerne vor mir her. Ich habe viele Bücherregale, sehr viele Bücherregale. Mit vielen Büchern, sehr vielen Büchern. Es dauert einen halben Tag, sie alle ordentlich staubfrei zu saugen. Oft stehe ich auf einem Schemel, um an die obersten Regalreihen heranzukommen. Meinen großen Staubsauger in der linken Hand, das Saugrohr in der rechten. Zur Abwechselung auch mal umgekehrt. Sonst gibt es einen monolateralen Staubsaugearm. Abends in beiden Armen, also bilateral Muskelkater zu haben, ist natürlich viel besser.

Wie auch immer: Ich erinnerte mich, dass ich den übervollen Staubbeutel meines großen Staubsaugers auswechseln musste. Das hätte ich nach meinem letzten Bücherregalstaubsaugeeinsatz vor längeren Wochen schon tun wollen und sollen, war aber wohl, das kann durchaus sein, einfach zu faul oder zu fertig – bei schon einsetzendem bilateralen Muskelkater.

Nun also, Wochen später, holte ich den neuen Beutel aus der Küche, nahm im Flur meinen großen Staubsauger vom Regalbrett über der Tür und legte das Gerät auf den Boden.

Ich öffnete den Staubsauger – und mir flog ein mächtiger Schwarm kleiner Motten entgegen. Ich schlug die Klappe panisch wieder zu, sprang auf, rannte in die Küche, holte einen Müllbeutel und vor allem – meinen Handstaubsauger. Ich ging zurück, kniete mich vor den großen Staubsauger, startete den Handstaubsauger in meiner Rechten. Mit meiner Linken öffnete ich ruckartig den Staubsauger – es wurde ein Gemetzel sondergleichen.

Diese kleinen Viecher hatten ihr Nest diesmal in der Tat in meinen großen Staubsauger gebaut. In den Staubbeutel, in den ich ihre Urahnen vor über dreißig Jahren gesaugt hatte – wie mir sofort in den Sinn kam. Déjà-vu. Es kam mir fast ein bisschen vor wie Rache. Vonseiten der Motten.

———————

Bier trinken in Istanbul

Geschichten aus der Rubrik „Die Welt ist klein!" kann jeder beitragen. Das ist auch nicht verwunderlich. Denn man muss nur Folgendes bedenken: Kennt jeder von uns auch nur fünfzig Personen und jeder dieser fünfzig wiederum fünfzig, dann landet man in nur sechs Schritten – der Mathematiker drückt das einfach durch 50^6 aus – bei über fünfzehn Milliarden Menschen. Auf unserem Globus leben aber nur, um nicht zu sagen: „nur" acht Milliarden Exemplare der Art Homo sapiens – ein übrigens sehr schmeichelhafter Begriff, weil er ins Deutsche üblicherweise mit „verstehender, verständiger Mensch" übersetzt wird. Beim derzeitigen Zustand der Welt wäre Homo sine cerebri wohl angemessener – aber das ist ein anderes Thema.

Es ist also gar nicht so unwahrscheinlich, dass wir irgendwo in der großen, weiten Welt, auf einer Geschäftsreise oder im Urlaub, einen alten Bekannten oder Freund treffen – rein zufällig. Auf irgendeinen esoterischen Unsinn, höhere Fügung oder sonstige mystische Schicksalsmächte muss man also nicht zurückgreifen, um das Phänomen zu erklären. Schnöde Mathematik reicht.

Berichtenswert wird die Sache erst, wenn sie besonders verrückt und besonders unwahrscheinlich erscheint. Mein diesbezüglicher Knaller war lange Jahre folgende Geschichte – danach kommt dann der Knaller des Knallers:

*

Mit Freund Rolf und seiner damaligen Freundin Susi unternahm ich 1981 eine Reise nach Griechenland. Wir wollten auf die Insel Naxos. Da solle es, Geheimtipp eines Freundes, einen abgelegenen, nahezu einsamen Strand mit schönen Dünen geben, zwischen denen man wild campen könne. Schon die Anreise war recht abenteuerlich: mit dem Hellas Express, zugestiegen in Augsburg, gute zwei Tage bis Athen. Dort eine billige Übernachtung auf dem Flachdach eines Hostels. Also Open Air. Am nächsten Tag dann mit der Fähre nach Naxos.

Schon beim Besteigen der Fähre Richtung Geheimtipp kam uns eine junge Frau entgegen, die plötzlich freudekreischend auf Susi losstürmte – ihre, wie sich herausstellte, langjährige Schulfreundin. Sie war auf der Rückreise von Naxos. Aber geschenkt. So was passiert halt. Siehe oben. Reine Mathematik. Und geschenkt auch, dass wir kurz davor, noch am Hafen von Piräus, schon die kleine Schwester eines alten Freundes aus unserer gemeinsamen Zeit am Bodensee trafen, die sich uns dann anschloss. Es soll ja auch schon ein Mensch zwei Hauptgewinne im Lotto gehabt haben – direkt nacheinander. Reine Mathematik. Wie gesagt. Nichts Besonderes.

In Naxos, so heißt auch der Hauptort der Insel, angekommen fuhren wir schließlich noch einige Kilometer mit einem Überlandbus – Modell 1950-er-Jahre: nahezu kugelrund, mit Gepäck auf dem Dach – bis zu einer Endhaltestelle direkt am Meer. Von da aus ging es noch eine ganze Ecke zu Fuß bis zu besagtem Strand, um nicht zu sagen: Geheimtipp. Sie wissen schon.

Der Strand samt Dünen war dann in der Tat wunderschön. Nur wenig Publikum, kleine Zelte oder auch Schilfhütten in den Mulden zwischen den Dünen. Und dort, ganz versteckt, sehr provisorisch, wenn nicht abenteuerlich wirkende kleine Tavernen für die leibliche Versorgung. Mit Bier und anderen Grundnahrungsmitteln.

Wir suchten uns ein schönes Plätzchen in den Dünen. Rolf und Susi bauten ihr Zelt auf. Ich versuchte mich an einer Schilfhütte. Schilf gab es dort überall. Nur so viel: Ein Architekturstudium wäre bei mir die reine Katastrophe geworden. Aber auch das ist ein anderes Thema.

Auf jeden Fall zog es uns nach dem Quartierschaffen manisch zur nächstgelegenen Taverne. Schon so fünfzig Meter entfernt von unserem Flecken. Schön versteckt gelegen zwischen zwei Dünenhügeln. Mit herrlichem Blick aufs Meer. Direkt am angrenzenden Strand. Keine zwanzig Meter vom Meer entfernt – in das wir später natürlich auch noch hopsen wollten. Aber erst mussten wir ein kühles, schön kühles Bier trinken. Zur Begrüßung. Am glücklichen Ende einer langen Anreise. Vor lauter Daseinsfreude. Und in der ersten Reihe der wenigen Tische der kleinen Taverne saßen wir auch noch, im Schatten des Vordachs aus Schilf, die Füße aber schon im warmen Sand des Strandes. Traumhaft.

Und ich war überglücklich und auch richtig stolz auf mich. So weit weg war ich noch nie. So eine lange Reise hatte ich noch nie unternommen. Zug, Schiff, Bus, Fußmarsch. Fast drei Tage unterwegs, auf Reisen. Weit, weit weg von Deutschland und speziell von Hamburg, wo ich seit ein paar Jahren lebte. In einem fernen Winkel Europas, Geheimtipp halt. Mutprobe bestanden!

Wir stießen überglücklich mit unseren Bierflaschen an – und von rechts lief eine Nachbarin aus Hamburg vorbei. Aus der WG über meiner WG in Eppendorf. Geheimtipp halt. Und reine Mathematik. Sie verstehen schon.

*

Huschu war pünktlich wie die Uhr. Ich auch. Zwei Schlagzeuger. Das geht kaum anders. Da muss das Timing stimmen. Wir treffen uns in der Regel direkt nach Huschus Arbeit, schon um 17 Uhr. Er arbeitet in Hamburg, wohnt aber in Ahrensburg – erst nach Hause, dann wieder zurück in die Stadt zu unserem Treffen, das wäre Unsinn. So früh mit dem ersten Feierabendbier anzustoßen hat auch den großen Vorteil, dass man in den Straßencafés, Kneipen, Tavernen und Restaurants der Erste ist, man wird sofort bedient, das Personal ist noch frisch und freundlich. Und wenn man sich gegen 21 Uhr verabschiedet, nach Hause geht und auch bald ins Bett – dann ist der nächste Tag, der sogar ein Arbeitstag sein kann, gerettet, auch wenn es in den vier Stunden, die man zusammen war, nicht bei nur einem Bier geblieben sein sollte. Bei Huschu und mir besteht eine nicht zu vernachlässigende Restwahrscheinlichkeit, dass es zu Nachbestellungen kommt. Die Wirtschaft kriselt. Da muss man helfen. Sozial eingestellt, wie wir sind.

Wir treffen uns nicht selten im Schanzenviertel bei einem türkischen Imbiss mit sehr netten Betreibern, wenn es das Wetter zulässt auch gerne draußen. Zum ersten Feierabendbier – Essen kommt später. Und dann erzählen wir, was so los war in letzter Zeit, seit dem letzten Treffen. Familie. Beruf. Musik. Wie Freiburg und St. Pauli gespielt haben. Die wichtigen Themen des Lebens halt.

Heute war es anders. Noch bevor wir eines dieser hochrelevanten Weltthemen angesprochen, geschweige denn ausdekliniert hatten, meinte Huschu, heute habe er erst mal ein Rätsel für mich. Ein völlig verrücktes. Aber reales. Die Sache habe er erst vor ein paar Tagen erlebt. Ich war gespannt und bat Huschu, endlich loszulegen.

Nun, Huschu stand ein paar Tage vor unserem Treffen in der Schlange vor der Kasse eines Drogeriemarktes, als ihm von hinten jemand auf die Schulter tippte. Huschu drehte sich um, und bevor er etwas sagen konnte, sagte der Mann: „Ich habe Dich Bier trinken gesehen in Istanbul!" Huschu schmunzelte mich an und sagte nur noch: „Das ist das Rätsel!"

Ich sagte „So, so!", „Aha!", „Meine Herren, wer hätte das gedacht!" oder so was Ähnliches. Ich sollte jetzt also herausfinden, wer der Mann war – und wie er Huschu beim Biertrinken in Istanbul hat sehen können. Ich könne, meinte Huschu noch, natürlich nachfragen – und Huschu würde wahrheitsgetreu antworten. Aber immer nur Stück um Stück.

Man muss dazu wissen, dass wir ein paar Wochen vor unserem Treffen zu einem Städteurlaub in Istanbul waren, zusammen mit drei weiteren Freunden aus unserer gemeinsamen Zeit am Bodensee, wo wir alle aufgewachsen waren.

Ich fragte Huschu dann erst mal, ob er den Mann, der ihm auf die Schulter getippt hatte, kenne – was wahrscheinlich war. Hätte ein Wildfremder einen anderen Wildfremden irgendwo in einer fernen Stadt beim Biertrinken gesehen und dann Wochen später, und zwar ganz woanders, zufällig wieder in einem Supermarkt getroffen – er hätte die Sache, das Gesicht, den anderen Wildfremden so schnell wieder vergessen, wie er ihn kurz gesehen hatte.

Ja, meinte Huschu, er kannte den Mann. Der sei vor langen Jahren mal für einige Zeit sein Nachbar in Ahrensburg gewesen. Eher eine flüchtige Bekanntschaft also und, wie gesagt, lange her.

Nun, meinte ich, das wäre doch ganz einfach: Der ehemalige Nachbar war zeitgleich mit uns in Istanbul, habe Huschu am Biertisch gesehen – wollte aber nicht stören, weil wir fünf vor lauter Blödsinnreden und Lachen weltvergessen mit uns selbst beschäftigt waren. Oder weil er mit seiner Frau in Eile war, endlich das tolle Bett im Hotel zu testen.

Nein, meinte Huschu, so sei es nicht gewesen. Sein Nachbar sei schon oft in Istanbul gewesen, aber nicht zeitgleich mit uns.

Interessant! Er sah Huschu in Istanbul, aber selbst war er nicht in Istanbul zu jener Zeit.

Ganz klar! Meinte ich. Der Nachbar habe einen Reisebericht im Fernseher gesehen – über Istanbul. Istanbul ist eine Weltmetropole, eine sehr schöne und spannende, sehr beliebt bei Städtetouristen aus aller Welt. Da rennen andauernd irgendwelche TV-Teams durch die Gegend und filmen und filmen. Und dann ist halt die Wahrscheinlichkeit groß, dass man selbst mal gefilmt wird, ganz ungewollt. Am Tisch eines Straßencafés zum Beispiel – Bier trinkend.

Nein, meinte Huschu, so sei es auch nicht gewesen.

Jetzt wusste ich erst mal nicht weiter. Huschu schmunzelte nur.

Blieb also nur ein Foto! Wenn der Nachbar selbst nicht anwesend war in Istanbul, Huschu auch nicht in einem Reisebericht im TV gesehen hatte, aber dennoch beim Biertrinken – was blieb sonst noch?

Richtig, auf einem Foto, meinte Huschu. Und grinste noch mehr.

Jetzt klingelte es in meinem Hirn. Der, der die meisten Fotos in Istanbul geschossen hatte – war ich! Ich hatte, damals noch ohne Smartphone, sogar mein großes Geschirr dabei, dickes Teleobjektiv, alle Schikanen, es wurden viele tolle Aufnahmen. Natürlich waren auch Fotos dabei, auf denen Huschu oder die drei anderen zu sehen waren. Auf einem bestimmten Foto war Huschu – so wie andere von uns auf anderen Fotos – in der Tat zu sehen an einem Tisch, vor ihm ein großes Bier, im Hintergrund ebenso imposant wie majestätisch die Hagia Sophia.

Es war nämlich so, dass wir in Istanbul ein Dachrestaurant gefunden hatten, direkt gegenüber unserem Hotel, mitten in der Altstadt – und vor allem: auf dem Flachdach eines siebenstöckigen Gebäudes. Mit einem atemberaubenden, sensationellen Rundumblick. Fast genau in der Mitte zwischen Hagia Sophia und Blauer Moschee. In entgegengesetzter Richtung, im 180-Grad-Panorama, das Marmarameer, der Bosporus, die vielen Schiffe, die riesigen Pötte. Links die Galatabrücke über dem Goldenen Horn.

Dort oben waren wir sehr oft. Es war so traumhaft, eine der unglaublichsten Locations in der langen Reihe unserer Städteurlaube, dass ich Beweisfoto über Beweisfoto schoss. Eben auch von Huschu und meinen anderen Freunden, jeweils im Hintergrund Ausschnitte dieses großartigen Panoramas – nicht, dass jemand glauben würde, wir hätten die Fotos nur irgendwo aus dem Internet runtergeladen. Denn so eine Location ist normalerweise reserviert für Leute mit Geld. Viel Geld. Normalsterbliche dürfen in solchen Restaurants üblicherweise nicht aufschlagen – oder werden durch Fantasiepreise abgeschreckt. Wir durften aber! Und das musste natürlich dokumentiert werden.

Wie aber kam Huschus ehemaliger Nachbar an MEINE Fotos? Ich hatte den Link zum Download meiner Best-of-Fotos nur Huschu und den drei anderen geschickt. Also musst einer von denen den Link oder einzelne Fotos an andere geschickt haben – unter denen dann, womöglich über drei Ecken, auch Huschus Nachbar war.

Nein, meinte Huschu neckisch. Sein ehemaliger Nachbar habe den Link oder einzelne Fotos nicht von ihm oder einen der drei anderen bekommen.

Aber wie ist der Nachbar dann sonst an das Bild gekommen? Ich brüllte Huschu fast an.

Durch den Fünften von uns!

Der Fünfte war – ich. Jetzt verstand ich überhaupt nichts mehr. Erst mal. Aber dann dämmerte es doch. In meinem Kopf. Ich hatte wenige Beweisfotos, drei vielleicht, an eine Freundin geschickt, Ronja Oetker. Auf einem war eben auch Huschu zu sehen. Auf besagter Dachterrasse. Die Hagia Sophia im Hintergrund. Ein großes Bier vor sich. Aber Ronja kannte Huschu nicht – und Huschu Ronja nicht! Ich hatte Ronja die Fotos nur geschickt, weil sie mir vor einiger Zeit gesagt hatte, sie plane auch einen Städteurlaub. Sozusagen als Appetizer in Sachen Istanbul und speziell dieser sensationellen Location auf dem Dach.

Also musste Ronja die Fotos weitergeleitete haben – und von ihr aus müssen sie dann irgendwie zu Huschus ehemaligen Nachbarn gelangt sein.

Stimmt, meinte Huschu und lächelte breit.

Nun, Ronja hatte die Fotos an einen Istanbul-Fan weitergeleitet, der da wohl schon ein Dutzend Mal gewesen ist, aber besagte sensationelle Location womöglich noch nicht kannte: ihren Vater. Jenem Mann, der Huschu vor ein paar Tagen in Ahrensburg auf die Schulter tippte, weil er ihn beim Biertrinken in Istanbul ertappt hatte.

*

Nachtrag: Gleich am nächsten Tag schickte ich Ronja eine E-Mail. Das sei ja eine völlig verrückte Geschichte mit ihrem Vater und Freund Huschu! Mit ihr und mir! Ronja antwortete postwendend: Welche verrückte Geschichte denn? Und wer ist Huschu?

Ronja wusste noch von nichts. Die Sache war noch zu frisch. Zudem war Ronja gerade – in Städteurlaub. In Sevilla, auch um Spanisch zu lernen. Ihren Vater, schrieb Ronja, hätte sie vor zwei Wochen das letzte Mal gesehen und gehört.

Also schrieb ich Ronja umgehend zurück: Freund Huschu stand vor ein paar Tagen in der Schlange vor der Kasse eines Drogeriemarktes in Ahrensburg, als ihm jemand von hinten auf die Schulter tippte …

––––––––––––

Der Schwur

B: Langsam, langsam, jetzt fluche hier nicht so rum.

A: Ist doch egal, uns hört so und so keiner zu. Wir sind hier ganz unter uns.

B: Na, in einem Deiner letzten Bücher …

A: … das interessiert hier nicht …

B: … hast Du einen Dialog zwischen uns beiden publiziert – da hörten dann eine ganze Menge post festum zu, konnten schwarz auf weiß lesen, was …

A: Anonymisiert, anonymisiert publiziert! Kein Schwein weiß, wer A oder B, B oder A ist. Und so soll es bleiben. Personen sind völlig unwichtig im Prozess der Wahrheitsfindung, da zählen nur schlagende Argumente. Unabhängig von der Person. Die Welt sieht so grausam aus, wie sie aussieht, weil die große Masse unfähig oder wenig fähig oder gar willens ist, zwischen Person und Sache, Person und Argument zu unterscheiden …

B: … das klingt sehr arrogant – von oben herab. Dort die unfähige Masse, hier Du schlauer Durchblicker …

A: … auch das ist völlig unwichtig. Zumindest unter wahrheitsliebenden Menschen. Keines meiner Argumente, und die kommen gleich zuhauf, wird dadurch in irgendeiner Weise tangiert, dass man mich arrogant schimpft oder nicht. Ich bin nicht arrogant, sondern verzweifelt, empört, wütend, voller Zorn über den galoppierenden Irrsinn in der Welt. Aber selbst, wenn der Vorwurf stimmen würde: Auch ein arrogantes Arschloch kann recht haben, die Wahrheit sagen. Ich nehme am besten prophylaktisch alles auf mich: Ich bin ein arroganter Arsch, ich bin widerlich, abstoßend, Kinderschänder, Massenmörder, habe Fußpilz und Mundgeruch, mag Helene Fischer …

B: …

A: … Du siehst plötzlich so bleich aus?

B: Danke, wird schon gleich wieder. Man hält ja nicht alles aus …

A: Also: Wir, B oder A, A oder B, können uns rausreden bis ans Ende unserer Zeiten, wir bleiben anonym, als Personen unwichtig, austauschbar, die Argumente zählen, das gesprochene Wort, sonst nichts …

B: … okay, hat auch seinen Reiz, anonym völlig unbeschwert loszetern zu können …

A: … genau. Also kann ich diese Pennerbacken und Knallschoten doch ganz entspannt Pennerbacken und Knallschoten nennen – die bleiben ja auch anonymisiert. Kann sich jeder, wenn er will, einsortieren – oder es lassen. Wie's beliebt.

B: Obwohl – ich mag es, wenn ich Romane lese, deren Protagonisten und Antagonisten als Charaktere sehr genau eingeführt werden …

A: … das ist wohl eine Berufskrankheit bei Dir, Herr Kulturredakteur …

B: … die teilen aber viele! Auch ganz einfache Leser.

A: Stell Dir einfach folgende Situation vor: Du sitzt nachmittags in einem halbleeren, ruhigen Café – und am recht nahe stehenden Nachbartisch entspannt sich ein Dialog zwischen zwei Menschen, die Du nicht kennst, die Du noch nie gesehen hast. Sie sitzen links von Dir, Du müsstest Dich also um neunzig Grad drehen, um sie sehen zu können. Das tust Du aus Schicklichkeit natürlich nicht, von kurzen, verschämten Blicken mal abgesehen. Du hörst Deine Nachbarn also nur. Sollte sich zwischen den beiden ein interessanter, spannender, lustiger oder auch düsterer, aber womöglich genau deswegen wiederum mitreißender Dialog entspannen – da würdest Du doch zuhören und die Sache eben interessant oder spannend oder lustig oder wie auch immer finden, ohne dass Du die Leute kennst – ohne Einführung in ihre Charaktere …

B: Okay, könnte ich mir vorstellen – also zurück zum

Thema: Ich kann Dein Problem ja verstehen. Darüber lamentierst Du schon seit langer Zeit – dass Du immer öfter in Versuchung kommst, Dein Dir selbst auferlegtes Gelübde, Deinen Schwur, niemals zum Klassenverräter zu werden, zu brechen. Wie auch immer. Das ist doch keine Neuigkeit, zumindest für mich nicht, diesen Kampf mit Dir selbst kämpfst Du, mal mehr, mal weniger, seit Jahrzehnten …

A: … aber es wird immer schlimmer …

B: … alles wird immer schlimmer, hat man den Eindruck. Die Welt dreht im Moment regelrecht durch, eine Krise jagt die nächste, viele laufen parallel ab und verstärken sich gegenseitig – die Klimakrise, das Artensterben, die Plastikvermüllung der Welt, die Wirtschaftskrise, die Inflation, Putins verbrecherischer Krieg in der Ukraine, das Erstarken autoritärer rechter Systeme fast in der gesamten Welt, teilweise auch der westlichen …

A: Ja, aber es ist nun mal mein Alltagsgeschäft, all diese Krisen und ihre Zusammenhänge zu analysieren. Das ist mein Beruf als freier Politologe, Schwerpunkt Politische Ökonomie, und freier Philosoph, Schwerpunkt Erkenntnistheorie und Naturphilosophie …

B: Weiß ich doch …

A: Klar, weißt Du das – Du bist ja auch einer der letzten, wenn nicht der letzte Mohikaner, mit dem ich über alles reden kann und der recht gut Bescheid weiß über meine Arbeit, bis in viele Details …

B: … welch' Ehre …

A: Jetzt werde mal nicht scheinheilig …

B: … ironisch, bitte, ironisch …

A: Ich will auf etwas ganz anderes hinaus. Wie gesagt, es ist für mich normal, den ganzen Wahnsinn in der Welt zu analysieren und Wege aufzuzeigen, wie man aus diesem Wahnsinn herauskommen könnte in Richtung einer humanen, sozialen, gerechten, demokratischen, freiheitlichen

Gesellschaftsordnung, die im Einklang mit der Natur lebt. Dicke Bücher habe ich dazu geschrieben, Hunderte von Artikeln …

B: Weiß ich doch, weiß ich doch …

A: Ja, ich weiß, dass Du weißt, aber ich will noch immer auf etwas ganz anderes hinaus.

B: Ja, dann sag' es doch endlich! Du zierst Dich regelrecht, so kenne ich Dich kaum …

A: Okay, mag sein, es ist einfach ein sehr haariges, neuralgisches Thema, sehr unangenehm, das Terrain ist vermint. Übel vermint. Für beide, für alle Seiten – nun, ich fange einfach mal so an: In der Krise erweist sich der Charakter. Und da versemmeln schon einige, wenn es auch nur um eine heftige Krise geht …

B: … und umso mehr versagen sie, würde ich mal sagen, wenn es eine solche Gemengelage von Krisen, eine solche Hyperkrise gibt …

A: Genau, aber auch das gehört zu meinem Job. Ich habe über die Jahrzehnte leider immer wieder erleben müssen, wie ehemalige Freunde, Bekannte, selten sogar Fachkollegen meinten, ihre massiven Charaktermängel vor mir erbrechen zu müssen …

B: … na, na! Das publizierst Du aber bitte nicht!

A: Wieso? Wie würdest Du es sonst nennen, wenn Du massiv beleidigt und denunziert wirst, wenn Wadenbeißer Lügen über Lügen über Dich in die Welt setzen, Dich mit Dreck bewerfen – nur um selber relativ umso sauberer dazustehen? Nur weil ihnen etwas nicht gepasst hat, was sie in einem meiner Artikel und Bücher gelesen haben, nur weil sie unfähig waren, argumentativ zu widerlegen, was ich geschrieben habe – und weil sie keine Ahnung haben, was ich eigentlich mache, woran ich seit Jahrzehnten wissenschaftlich arbeite, und damit keinen Schimmer, wer ich eigentlich bin, wer der ist, den sie mit Dreck bewerfen …

B: Beispiele?

A: Später, später. Mir geht es erst mal um das Grundsätzliche. Erst wenn man das verstanden hat, kann man die Einzelbeispiele richtig verstehen und einordnen.

B: Dann komme bitte endlich mal auf diesen grundsätzlichen Punkt.

A: Mache ich. Um es so zu versuchen: Kennst Du den Film „Oberst Redl"?

B: Ja, ich erinnere mich schwach. Das ist doch der mit dem Karl Maria Rahmsauer in der Hauptrolle …

A: … Brandauer, ein brillanter Schauspieler …

B: … Karl Maria Brandauer. Richtig, den mag ich aber nicht, diesen „brillanten Schauspieler" …

A: Jetzt hast Du gerade das nächste kleinere oder größere Auschwitz mit vorbereitet …

B: WAS? Wie bitte? Spinnst Du jetzt völlig?

A: Du hast ein Argumentum ad personam bzw. ad hominem angeführt – wie, verzeih' mir, die Nazis gegen die Juden so oft. Und ohne Millionen solcher „Argumente" gegen Personen, deren geäußerte Positionen man inhaltlich nicht widerlegen kann, denen keinerlei schlimmes Handeln nachzuweisen ist, wäre Auschwitz eben unmöglich gewesen. Etwas – und sei es etwas Höchststehendes in Wissenschaft, Kunst oder von mir aus auch Sport – ist tiefststehend, ist nichts wert, „weil" der, der es gemacht, gesagt, getan hat, Jude ist. Das Argumentum ad personam ist quasi die schlimmste Form des Abweichens von den Prinzipien eines herrschaftsfreien Diskurses, eines Diskurses, der Wahrheit allein definieren darf und in dem einzig allein der eigentümlich zwanglose Zwang des besseren Argumentes zählt – und sonst nichts, keine reale oder auch nur erfundene Charaktereigenschaft von wem auch immer. Es zählt nicht, ob einer Jude ist oder Muslim oder Christ, ob Mann oder Frau, Schwarzer oder Weißer oder grünes Männchen vom Mars – oder ob er ein arrogantes Arschloch, das hatten wir eben, oder devotes Mauerblümchen ist. Das alles zählt bei der Wahrheitsfindung so wenig wie die Schuhgröße eines Menschen …

B: Na, okay, aber jetzt bist Du etwas sehr streng. Ich gestehe also zu: Rahmsauer …

A: … Brandauer …

B: … Brandauer mag ja ein sehr guter Schauspieler sein, aber ich mag ihn noch immer nicht.

A: So formuliert, ist das völlig okay!

B: Da habe ich ja noch mal Glück gehabt …

A: Aber lass' uns zum eigentlichen Thema zurückkommen. Erinnerst Du, worum es in dem Film geht?

B: Ich erinnere nur noch einige Details, ein paar prägende Szenen. Aber die Grundlinie ist doch die, dass Oberst Redl irgendwie aus sozial schwachen Verhältnissen kommt und sich in der sozialen, damals noch feudalen Hierarchie, konkret beim Militär, rücksichtslos hochboxt – aber letztlich doch scheitert …

A: Genau, das ist der Kern der Geschichte: der Versuch, aus ärmlichen Verhältnissen sozial aufzusteigen, und zwar, wie Du richtig sagst, ziemlich rücksichtslos, seine Herkunft verleugnend – um als „dort Oben" letztlich nicht akzeptierter sogenannter Emporkömmling am Ende doch zu scheitern …

B: Mir schwant, worauf Du hinauswillst …

A: … Du bist ja auch ein schlaues Kerlchen ...

B: … okay, ich zahle Dir später ein Bier …

A: Mal im Ernst: Das Thema des letztlich scheiternden sozialen Aufstiegs – speziell natürlich in autoritär strukturierten, real oder quasi feudalen sozialen Systemen – ist in der Weltliteratur und in der Cineastik weit verbreitet. Schon der vorsokratische Philosoph Demokrit soll gesagt haben: Nehme Dir eine Frau aus gleichem Stande. Denn nimmst Du eine aus höherem Stande, bekommst Du keine Verwandten – sondern Herren.

B: Schöner Spruch, aber vielleicht sind die feudalen Verhältnisse von damals nicht mehr so ganz auf die heutigen Verhältnisse übertragbar – obwohl: Gerade in unseren Krisenzeiten, siehe oben, ist der Abstand zwischen Oben und Unten, zwischen Reich und Arm wieder größer geworden, die Möglichkeit, aus Armut sozial aufzusteigen, kaum noch gegeben. Aber …

A: Was aber?

B: … was hast Du denn damit zu tun? Worauf willst Du hinaus? Seit wann willst Du sozial aufsteigen? Seit wann willst Du nach dort Oben, zu denen dort Oben? Ich kenne kaum jemanden, eigentlich niemanden, der die da Oben so sehr angeht, kritisiert, ja bekämpft wie Du.

A: Wir nähern uns dem, worauf ich hinauswill. Was Du gerade gesagt hast, ist völlig richtig. Du kennst mich, meine wissenschaftliche Arbeit, aber auch meine Motive, wie gesagt, sehr gut …

B: … Du machst mich arm …

A: … nein, Du musst mir nicht schon wieder ein Bier zahlen …

B: Sehr schön, also: Was hast Du Anti-Redl mit Oberst Redl zu tun?

A: Nichts, überhaupt nichts.

B: So, so, überhaupt nichts. Warum hast Du mich vorhin dann nicht gefragt, ob ich den Film „Der Glöckner von Notre-Dame" mit Charles Laughton in der Hauptrolle gesehen habe? Mit dem hast Du doch auch nichts zu tun …

A: … sehr witzig …

B: … finde ich auch …

A: Nun, Oberst Redl scheitert letztlich, weil die dort Oben dicht machen, die Reihen schließen, ihn nicht reinlassen in ihre Welt. Der Anti-Redl hat dieses Problem in keiner Weise, weil er in diese Welt so und so nicht rein wollte, weil er diese Welt und ihre elitären Insassen zutiefst verachtet. Der Anti-Redl wollte ganz einfach seine maßlose

Neugier befriedigen, die Welt entdecken und verstehen, sich in jene Wissenschaften einarbeiten, die ihm dabei helfen – auch dabei, die Welt zu verbessern, sozial, aber auch ökologisch. Wie ein Arzt kranken Menschen helfen will. Und das war und ist nur möglich, wenn man sich auf diese unsägliche Rosskur einlässt – Abitur, Diplom, Promotion, Habilitation …

B: Verstehe: Der Anti-Redl muss im Wissenschaftsbetrieb, ohne den er Wissenschaft nicht betreiben kann, aufsteigen – er verweigert aber den damit, zumindest in der Regel, verbundenen sozialen Aufstieg.

A: Stimmt. Er springt letztlich nicht über die Stöckchen, die ihm die da Oben hinhalten als letzte Prüfung vor der Aufnahme in ihren exklusiven Club – und scheitert. Aber eben allein mit Blick auf soziale und wissenschaftliche Hierarchien, allein in Hinsicht auf den Wissenschaftsbetrieb – nicht die Wissenschaft selbst.

B: Das verstehe ich nicht …

A: Zwischen dem Wissenschaftsbetrieb und der eigentlichen Wissenschaft können große Unterschiede bestehen. Wenn man über lange Jahre, fast zwei Jahrzehnte, seine Wissenschaften systematisch gelernt hat, kann man diese auch außerhalb des Wissenschaftsbetriebs betreiben – wenn man sich, wie auch immer, entsprechend finanzieren kann. Und man kann sie sogar besser, intensiver betreiben als im Wissenschaftsbetrieb.

B: Hä? Wie das denn?

A: Ganz einfach: Was man als Lehrstuhlinhaber, also Prof., zu leisten hat, ist, wie es klassisch heißt, „Forschung und Lehre". Realistischer müsste es heißen: Forschung und Lehre – und Verwaltung, also Prüfungsabnahmen, Korrekturlesen und Bewertung von Seminar-, Master- oder Doktorarbeiten, Gremienarbeit, Sprechstunden, der ganze zeitraubende Kram halt. Bei mir fallen Lehre und Verwaltung komplett weg. Ich kann mich also vollständig auf die Forschung konzentrieren. Zwei Lehrstuhlinhaber, mit denen ich zusammen studiert habe und mit denen ich bis heute befreundet bin, beneiden mich seit langen Jahren um mein üppiges Zeitbudget in Sachen Forschung …

B: … na, so ein bisschen arbeiten, Geld verdienen, musst Du zwischendrin aber auch noch …

A: Klar, aber Du weißt doch, dass mein freies Lektorat nur im Schnitt zwei bis drei Tage Arbeit pro Woche erfordert – den „Rest" der Woche kann ich komplett meinen Wissenschaften widmen.

B: Ich kann bis heute nicht begreifen, wie Du von zwei, drei Tagen Erwerbsarbeit pro Woche leben kannst …

A: Ach Mensch, das haben wir doch schon in dem Dialog diskutiert, den Du eingangs angeführt hast: Man muss halt diesen ganzen Konsumschwachsinn auf ein Minimum reduzieren, dann kommt man auch mit einem Minimum an Erwerbsarbeit aus – und hat mächtig viel Zeit für all die schönen Dinge des Lebens: die Wissenschaften, die Künste, die Musik, die Liebe …

B: Stimmt. Das hatten wir in dem Dialog, den Du in Deiner letzten Sammlung mit Erzählungen publiziert hast – in dem Du mich zu einem BWL-Studenten gemacht hast …

A: … grummle nicht. Denn das stimmt nur teilweise. Den BWL-Studenten habe ich zusammengeschnippelt aus verschiedenen Personen, die mich in den letzten Jahren angesprochen haben auf das, was ich eigentlich mache – außer immer nur zu lesen …

B: … Frankensteins Monster war auch zusammengeschnippelt …

A: … und wurde ein literarischer und cineastischer Welterfolg!

B: Oje, ob ich mit diesem Ruhm, wenn er denn irgendwann über mich kommt, werde umgehen können?

A: Guck nicht so scheindoof …

B: Egal, wir müssen das hier nicht alles noch mal wiederholen, was Du dem BWL-Studenten erzählt hast …

A: Selbst wenn wir es täten – die meisten Leser haben die Geschichte so und so schon wieder vergessen …

B: Du offenbarst tiefste Hochachtung vor Deinen Leserinnen und Lesern …

A: Quatsch, alter Sarkast! Ich gehe nur davon aus, dass die genauso vergesslich sind wie ich oder …

B: …

A: … Du …

B: Da kann ich leider nicht widersprechen. Aber …

A: … aber?

B: … mir kommt da gerade etwas in den Sinn. Wenn Du mich zusammengeschnippelt hast aus anderen Charakteren und Personen …

A: … hier und da geglättet, damit die Schnittstellen nicht wie bei Frankensteins Monster aussehen. Botox – das aus dem Kulturbeutel der Fantasie – wirkt da Wunder …

B: … danke, sehr nett …

A: … immer gerne! Aber was kam Dir gerade in den Sinn?

B: Hast Du Dich denn selbst auch zusammengeschnippelt?

A: Aber klar doch! Ich bin meine eigene Kreatur. Ein zusammengeschnippeltes Monster wie Du. So sehr zusammenfantasiert, wenn nicht -gelogen, dass sich die Balken biegen. Ich wollte es Dir ja nie sagen, aber jetzt, wo alles auf den Tisch kommt …

B: … ich dachte Balken?

A: Okay, jetzt, wo alles auf die Balken kommt: Ich bin gar kein Politologe, Erkenntnistheoretiker und Naturphilosoph …

B: … sondern?

A: Schlachter! Ich arbeite nachts im Schlachthof, verdiene da mein Geld – womit ich all meine Ghostwriter bezahle, die mir dabei helfen, meine völlig verlogene Rolle, die ich tagsüber spiele, zum Besten zu geben …

B: … Du bist ein miserabler Lügner!

A: Ja, ja, ja, ich höre ja schon auf. Macht aber einfach immer wieder Spaß, die Leute an der Nase herumzuführen, mit ihren Vorurteilen zu spielen, bis sie irgendwann selbst zusammengeschnippelte Monster und monströse Lügen für die Wahrheit, die Realität nehmen.

B: Aber irgendwie habe ich noch immer nicht begriffen, worüber Du eigentlich lamentierst. Kommen wir auf das eigentliche Thema zurück: Du hast die da Oben schroff zurückgewiesen – und wurdest folgerichtig von denen ebenso schroff zurückgewiesen. Mit Dreck beworfen, wie Du vorhin sagtest …

A: Die da Oben meine ich doch gar nicht an erster Stelle – in Sachen Bewerfen mit Dreck, nicht in Sachen Zurückweisung …

B: … sondern wen?

A: Die da Unten – größtenteils zumindest …

B: Wie bitte?

A: Die Soziologenbrille aufgesetzt stammen die, die mich mit Dreck bewerfen, größtenteils aus der sozialen Schicht, aus der ich selbst komme – sozial wie vor allem in puncto Bildung …

B: Das musst Du mir genauer erklären.

A: Nun, als klar war, dass ich die schon genannte Rosskur durchmachen und den Weg in die Wissenschaften einschlagen würde, war auch sehr schnell klar, dass ich mich immer weiter von all jenen entfernen würde, die diesen Weg nicht gegangen sind. Und das waren aus meinem damaligen sozialen Umfeld eigentlich – alle. Aber alter Humanist und Aufklärer, alter linker Spinner und Weltverbesserer, der ich bin und für alle Zeiten zu bleiben gedenke, habe ich mir geschworen, niemals zu vergessen, woher ich komme und wie es den Menschen „dort Unten" geht.

Ich legte, wie gesagt, mir selbst gegenüber den Schwur ab, niemals zum Klassenverräter zu werden – ja daran zu arbeiten, dass es diesen Menschen möglichst bald besser geht, dass tendenziell und irgendwann alle das machen können, was ich gemacht habe und noch immer mache: das Reich der Notwendigkeit so weit wie möglich zu reduzieren zugunsten einer möglichst großen Erweiterung des Reiches der Freiheit und freier Entwicklungsmöglichkeiten, der Ekstase des aufrechten Ganges, der universellen Entfaltung der Persönlichkeit in Wissenschaften und Künsten, in der Musik, in selbstbestimmtem Hand- und Kopfwerk, in der Liebe, der Freundschaft.

B: Keinen Klassenverrat begehen zu wollen, ist ja erst mal überaus honorig.

A: Mag sein, aber es ist vor allem auch ganz egoistisch – weil ich mir vorgekommen wäre wie ein Hund, hätte ich diesen Schwur jemals gebrochen. Nur …

B: … nur? Was zögerst Du?

A: … nur desto weiter ich meinen Weg ging, desto schwieriger wurde der kommunikative Umgang mit meinen Sozialgenossen …

B: Aber das ist doch eine olle Kamelle. Jeder hoch spezialisierte Experte in einem speziellen Fach kann sich doch ganz schnell mit fast niemandem mehr aus seinem sozialen Umfeld über sein Fachgebiet unterhalten – Mathematiker etwa oder Atomphysiker. Im Alltagsleben, in der Familie, in Freundes- und Bekanntenkreisen, haben solche Spezialisten doch fast ausschließlich mit Leuten zu tun, die von ihrem Spezialfach keine blasse Ahnung haben. Würden die mit ihrem sozialen Umfeld brechen – sie wären sehr schnell sehr alleine. Oder soll ein hoch spezialisierter Mathematiker sein soziales Umfeld nur noch aus hoch spezialisierten Mathematikerinnen und Mathematikern zusammenbasteln – bis hin zur Ehepartnerin und den

Freunden am Stammtisch oder auf dem Fußballplatz beim Feierabendkick?

A: Völlig richtig, völlig klar. Nur …

B: Mach' doch nicht immer so lange Pausen!

A: … nur mein Spezialgebiet ist eben – das Ganze. Das, was alle betrifft: die fundamentale philosophische Frage nach dem guten Leben, dem Sinn der ganzen Veranstaltung, genannt menschliches Leben. In meinem politisch-ökonomischen Hauptwerk geht es darum, wie man unser gesamtes Gesellschaftssystem, also auch die Ökonomie, das Wirtschaftssystem, humaner, sozialer, gerechter, demokratischer und ökologisch nachhaltig gestalten kann. Und in meinem philosophischen Hauptwerk geht es eben um die Frage, auf welche festen erkenntnistheoretischen Grundlagen die Frage nach dem guten Leben zu stellen – und damit womöglich sogar zu beantworten ist. Und sie ist zu beantworten, sie kann beantwortet werden, quasi wissenschaftlich fundiert.

B: Du hast mir das vor längerer Zeit schon mal zu erklären versucht – ich glaube sogar in besagtem Dialog zwischen uns. So ganz könnte ich diese Zusammenhänge einem Dritten aus dem Stegreif wohl nicht mehr erklären …

A: Es ist eigentlich ganz einfach: Die gesamte Philosophie der Aufklärung – und in deren Tradition steht mein eigenes Projekt, siehe oben – fußt auf einem, sozusagen, „gewissen Etwas" …

B: … und das wäre?

A: Es fußt auf dem eigentümlich zwanglosen Zwang des besseren Argumentes – um mal Jürgen Habermas zu zitieren, *dem* zeitgenössischen Repräsentanten der Philosophie der Aufklärung. Und bevor Du gleich wieder nachfragst: Dieser Zwang offenbart sich zum Beispiel in logischen Schlüssen. Der Klassiker lautet: „Sokrates ist ein Mensch. Alle Menschen sind sterblich. Also ist Sokrates sterblich." Dieser Schlussfolgerung muss jeder vernunftbegabte

Mensch zustimmen, etwas – das „gewisse Etwas" – zwingt ihn dazu, unabhängig von seinem Geschlecht, seiner Hautfarbe, seiner Ethnie, seiner Religion …

B: … und seiner Schuhgröße! Das erinnere ich jetzt wieder aus unserem letzten Dialog …

A: … genau! Der Aufklärer beugt sein Knie nur vor dem Richterstuhl der Vernunft. Vor sonst nichts, vor niemandem sonst.

B: Es scheint aber sehr wenige Aufklärer in dieser Welt zu geben! Die ganze Arie geht doch seit längerer Zeit eher in die entgegengesetzte Richtung, in die im Wortsinne reaktionäre Richtung – wie wir schon eingangs festgestellt haben. Guck Dir doch nur an, wie die Leute …

A: … viele Leute, zu viele Leute, nicht „die" Leute …

B: … okay: wie viele Leute vor ihren blaublütigen Ausbeutern demütigst gekrochen sind, als die Queen starb und ihr Sohn zum neuen Oberausbeuter gekrönt wurde …

A: Du hast völlig recht! Aber wir sind vom Thema abgekommen …

B: … von einigen Themen …

A: … ja, das Nahthema war, dass ich „Spezialist" fachbedingt Spezialist fürs Ganze bin. Und eben auch Spezialist bei der Beantwortung der Frage nach dem guten Leben.

B: Stimmt.

A: Und dieses Nahthema ist eben eng verknüpft mit dem eigentlichen Thema, auf das ich hinauswollte.

B: Ich habe inzwischen spitze Ohren wie Mr. Spock.

A: Also. In den sozialen Kreisen, aus denen ich komme, und auch in jenen, in denen ich inzwischen lebe – das umschließt übrigens nach wie vor erstere Kreise –, spreche ich meine Spezialthemen nie an. Grundsätzlich nicht. Und wenn ich gefragt, angesprochen werde, weiche ich aus oder antworte nur kurz und gehe dann ganz bewusst auf ein Alltagsthema über. Denn stell Dir vor, ich würde abends am Biertisch ungefragt anfangen zu dozieren über das gute, das vernünftige Leben – was im Umkehrschluss hieße, den Leuten zu sagen, was sie alles falsch machen. Falsch machen, gemessen an den konkreten Inhalten dieses vernünftig, also argumentativ schlüssig begründeten guten Lebens …

B: … nämlich fast alles …

A: … so hart würde ich das nicht formulieren. Auf jeden Fall: Versuche auch nur, anwesenden Autobesitzern klarzumachen, dass sie zeitökonomischen Irrsinn betreiben …

B: … oje, lieber nicht, besser einen Tiefgläubigen vom Glauben abbringen …

A: Genau. Deswegen schweige ich. Notorisch …

B: … das sollte man speziell dann tun, wenn die Tiefgläubigen eine Kalaschnikow im Anschlage haben …

A: … oder einen SUV. Volle Zustimmung. Also schweige ich seit über 45 Jahren, als meine wissenschaftliche Arbeit in Sachen politischer Ökonomie, Erkenntnistheorie und Naturphilosophie begann. Aber das ist nicht der einzige Grund, warum ich schweige.

B: Der weitere Grund wäre?

A: Mein Schwur.

B: Verstehe ich nicht. Du würdest doch nicht zum Klassenverräter werden, sprächest Du etwa an, was Du zu erneuerbaren Energien und einen vernünftigen Weg zu einer hundertprozentigen Sonnenenergiewirtschaft zu sagen hast – ich erinnere gerade Deinen letzten Artikel zu diesem Thema.

A: Leider teilweise doch – speziell in den Augen von Leuten „dort Unten", die, sagen wir: etwas Probleme mit dem Selbstwertgefühl haben, die dazu tendieren, andere mit Dreck zu bewerfen, um selbst umso sauberer dazustehen. Das sind sozusagen sozialstrukturelle Fremdenhasser – die können es nicht ertragen, wenn jemand in der Bildungshierarchie über, weit über ihnen steht …

B: … ich ahne …

A: … genau. Das ist das eigentliche Thema, auf das ich hinauswollte. Ich habe in den Kreisen, aus denen ich komme, am Anfang meiner „Karriere" in der Wissenschaft nicht selten heftig aufs Maul bekommen, als ich – damals noch ein blutjunger Mensch in der politischen Sturm-und-Drang-Periode, die Weltverbesserung, wenn nicht Weltrevolution und nichts anderes im Sinn – es wagte, völlig begeistert von meinen frisch erlernten politischen Inhalten und wissenschaftlichen Erkenntnissen zu erzählen …

B: … das mochten wohl nicht alle …

A: … klar! Aber schon in meiner Jugendzeit galt ich als politischer Hardcore-Diskutant, als philosophischer Schwarmgeist, als in Fantasiewelten Entrückter. Da war das normal. Als ich das aber systematisch und wissenschaftlich betrieb, eben Politische Ökonomie, Erkenntnistheorie und Naturphilosophie, musste ich plötzlich den Mund halten – sonst wurde ich schnell als „Großschwätzer", „Großtuer" „Besserwisser", „Rechthaber", „Aufschneider" et cetera tituliert oder auch ...

B: … oder auch als arrogantes Arschloch …

A: Bingo! Das ging dann so weit, wurde so heftig, dass ich schnell nichts mehr sagte – maximal auf Fragen geantwortet habe –, bis mir *das*, also mein Schweigen, dann wieder als hochnäsige Unnahbarkeit und Arroganz vorgeworfen wurde. Und selbst dann, wenn man mich zum Beispiel aktiv fragte, was ich denn inzwischen beruflich mache, und ich ebenso wahrheitsgetreu wie lapidar antwortete: „Ich studiere Politische Wissenschaften und Philosophie und schreibe gerade an meiner Doktorarbeit", bekam ich nicht selten zu hören: „So, so, muss man den Herren jetzt mit ,Herr Doktor' ansprechen!?" Von Leuten, mit denen man sich jahrzehntelang geduzt hatte und von denen man glaubte, sie seien Freunde …

B: … Kompensation von, würde ich sagen, Minderwertigkeitsgefühlen, darauf würde ich doch einfach sch…

A: … ich auch, wenn's bei diesen spätpubertären Albernheiten geblieben wäre …

B: … was kam denn noch?

A: Och, das war nur das Präludium.

B: Und der Hauptsatz und das Finale der Komposition klangen wie?

A: Kommt gleich. Zunächst gilt es zu bedenken: Mein Schweigen führte über die Jahre dazu, dass die meisten Menschen, mit denen ich Umgang hatte und habe, überhaupt nicht wissen, was ich tue, beruflich mache – und damit, wer ich eigentlich bin. Das geht bis weit in meine Freundeskreise hinein. Und das hatte und hat wiederum teils ulkige, teils aber auch bittere Konsequenzen – wie ich gerade in der Coronakrise noch bitterer erfahren musste …

B: … ich habe aber schon selbst erlebt, dass Du Dich bei Leuten als „freier Lektor" vorgestellt hast – und von allem anderen nichts gesagt hast. Wie sollen die darauf kommen, dass das quasi nur Dein Nebenjob ist, um Geld zu verdienen? Wie sollen die wissen, dass Du im Hauptberuf freier Politischer Ökonom, Erkenntnistheoretiker und Naturphilosoph bist? Das wäre so, wie wenn ein Medizinstudent, der nebenher bei der Post jobbt, um sein Studium mitzufinanzieren, sich als Postbote vorstellen würde. Und ich erinnere auch einen gemeinsamen Urlaub auf Kreta, wo Du Dich abends einem Mädel, das wir gerade kennengelernt hatten, als „Hausmeister" vorgestellt hast. Was ja stimmt, aber der Job belastet Dich vielleicht mit drei Stunden – im Monat …

A: Ja, ja, ja, stimmt ja alles. Aber das betrifft nur …

B: … Frischfleisch – so haben wir neue Bekanntschaften damals immer genannt …

A: … exakt. Das betrifft ja nicht Menschen, die ich teilweise schon über vierzig, wenn nicht fünfzig Jahre kenne. Und ehrlich gesagt …

B: … war das bisher Gesagte unehrlich?

A: Quatsch, ist doch nur so eine Wendung. Also: Ehrlich gesagt, habe ich auch nicht immer Lust und Laune und oft noch nicht mal die Zeit, den Leuten groß und breit zu erklären, was ich alles mache …

B: … dann wunder Dich aber bitte auch nicht, dass sie dann nichts wissen können! Und dann brauchst Du darüber auch nicht zu lamentieren …

A: … bei Menschen, die mich seit einem halben Jahrhundert kennen?

B: Okay, das ist dann doch etwas schräge – aber das hatten wir schon. Du hast gerade von ulkigen bis bitteren Erfahrungen gesprochen – dann bringe doch endlich mal ein paar Beispiele. Jetzt ist ja klar, worum es grundsätzlich geht, jetzt bitte Butter mang die Fische.

A: Gut. Zu den eher ulkigen bis schrägen Erfahrungen zählt zum Beispiel, dass mir zwei meiner verflossenen Freundinnen, mit denen ich jeweils einige Jahre zusammen war, nach Treffen mit anderen Leuten nicht selten zum Vorwurf machten, dass ich – mal wieder – geschwiegen hätte zu den Themen, in denen ich Spezialist bin. Sie hätten sich gewünscht, dass ich mein Licht nicht so sehr unter den Scheffel stelle, dass sie mit mir, speziell in ihren Freundinnenkreisen – wie soll ich sagen …

B: … etwas mehr angeben, rumprotzen wollten?

A: Ja, peinlich, albern, jedoch – das trifft es wohl. Albern ist auch immer wieder, dass einige Leute, sobald ich ihnen samt kompletter Berufsbezeichnung vorgestellt werde, schnell dahin tendieren, sich mit mir messen zu wollen, mich in politische oder gar philosophische Diskussionen zu verwickeln, auch um zu zeigen, was sie diesbezüglich alles auf dem Kasten haben. Aber, wie gesagt, das sind eher die ulkigen, schrägen Seiten der Sache. Die bitteren Seiten offenbaren sich, wie auch schon gesagt, spätestens in der Coronakrise …

B: Und wie?

A: Gleich. An diesem Zustand – das gilt es erst mal fest-zuhalten –, dass viele überhaupt nicht wissen, was ich ma-che und wer ich bin, bin ich faktisch also auch selbst schuld. Wenn ich nie – ungefragt – erzähle von dem, was ich tagein, tagaus mache, *können* die Leute natürlich nicht wissen, was ich mache und wer ich bin. Ich versuche, im Alltag möglichst nie von meinen Wissenschaften zu spre-chen, niemals den Intellektuellen, den Geistesmenschen, den Hochgebildeten, sondern den ganz normalen Men-schen rauszuhängen, den netten, freundlichen, hilfsberei-ten, humorvollen Freund und Zeitgenossen, jedoch …

B: … jedoch in Wahrheit bist Du ein ungebildeter, geist-loser, abnormaler, unfreundlicher, egoistischer, miesepe-triger Kotzbrocken von vorgestern …

A: Genau! Aber mal im Ernst …

B: … wirklich mal im Ernst: Deine anderen Freunde hät-ten ja auch mal fragen können, was Du so eigentlich machst, wer du eigentlich bist …

A: … stimmt. Aber egal. Die meisten Leute haben zumin-dest eine leichte Ahnung davon, was ein Politologe mit Schwerpunkt Politische Ökonomie so macht. Politik und Ökonomie – das ist das, was die Leute in der „Tagesschau" mitbekommen oder in ihrer Zeitung lesen. Und der A, sa-gen sie sich, macht halt das – nur wohl etwas intensiver …

B: … und das stimmt ja auch.

A: Teilweise. Sie verstehen schon nicht den Unterschied zwischen einer politischen Diskussion und einer politik-wissenschaftlichen Diskussion …

B: … der wäre?

A: Da kann ich gut darauf antworten mit meiner Standard-entgegnung auf bestimmte verwunderte Fragen, die mir in ähnlicher Situation immer wieder gestellt werden – näm-lich wenn zum Beispiel am Biertisch wild über ein politi-sches Thema diskutiert oder gar gestritten wird und einem der Anwesenden nach längerer Zeit in den Sinn kommt, dass auch ein Politikwissenschaftler am Tisch sitzt. Oft guckt mich dann einer an und fragt ganz verwundert, warum ich als Politologe eigentlich eisern schweige. Ich antworte dann wahlweise: Nach Feierabend halte ich keine Vorlesungen. Oder auch: Das hier ist eine politische Diskussion, keine politikwissenschaftliche …

B: … jetzt sag' schon endlich den Unterschied!

A: In einer politikwissenschaftlichen Diskussion, die ihren Namen verdient, geht es allein um Wahrheitsfindung, um Sach- und Systemanalyse. In einer politischen Diskussion aber um Interessendurchsetzung – was auch völlig legitim ist. Dazu sind politische Diskussionen und Aushandlungsprozesse ja da …

B: … genau …

A: … genau! Aber politische Diskussionen führen eben immer wieder dazu, dass die Diskutanten ein sehr, sagen wir: instrumentelles Verhältnis zu Wahrheitsfindung haben. Was in den eigenen Kram passt, wird betont, was dagegen sprich, verdrängt, verleugnet, ignoriert. Die beliebteste Variante ist, den Gegner, dessen Argumente man nicht widerlegen kann, persönlich anzugreifen …

B: … „Argumentation" ad personam …

A: Genau! Du hast schnell gelernt. Und genau deswegen langweilen mich solche politischen „Diskussionen", besser: Streitereien und Pöbeleien immer sehr schnell zutiefst, oft widern sie mich einfach nur an – was ich den Leuten so natürlich nicht sage …

B: … sondern nur schreibe …

A: … na, wart's ab! Mal gucken, ob ich dieses Gespräch hier publizieren werde …

B: Warum nicht? Bisher hast Du nur an einer Stelle von Knallschoten und Pennerbacken gesprochen …

A: Echt?

B: Echt!

A: Nur an einer? Na, dann kann ich ja …

B: Nix da! Dabei bleibt es!

A: Okay, ich halte mich zurück. Aber der Bereich der politischen und eben nicht politikwissenschaftlichen Diskussionen ist nur der eine Bereich – in dem, wie gesagt, viele zumindest erahnen, was ich so mache. Von meinem anderen großen Arbeitsgebiet, der Erkenntnistheorie und Naturphilosophie, hat fast niemand den Hauch einer Ahnung. Die meisten wissen nicht, dass ich auch diesen Bereich seit vielen Jahrzehnten intensiv wissenschaftlich beackere …

B: Aber das ist doch ganz einfach: Der philosophische Erkenntnistheoretiker und der Naturphilosoph setzen sich hin, nehmen die Denkerpose ein – und verkünden dann nach geraumer Zeit …

A: … irgendeinen Scheiß …

B: … das hast Du gesagt!

A: Und sogar gemeint! Denn genau das ist das – ehemals – wahre Bild von philosophischen Erkenntnistheoretikern und Naturphilosophen: empiriefreies, wissenschaftsfernes philosophisches Gesülze …

B: … na, sei mal nicht so hart mit Deiner eigenen Profession. Als die Philosophie aufkam, gab es Wissenschaft im modernen Sinne ja noch gar nicht – genau deswegen kam sie ja auf, man hatte nichts anderes …

A: … völlig richtig. Wer aber heute Erkenntnistheorie oder Naturphilosophie betreibt, hat das auf dem Erkenntnisstand der entsprechenden Wissenschaften zu tun – oder er blamiert sich schnell, macht sich einfach nur lächerlich …

B: … ganz zu Recht …

A: Heutige Erkenntnistheoretiker und Naturphilosophen müssen sich sehr gut auskennen in Logik und Mathematik, in wissenschaftlicher Methodik und Arbeitsweise – also auch in den Anwendungen dieser Methodiken in den realen Wissenschaften und speziell Naturwissenschaften. Das umfasst zum Beispiel auch die neurobiologischen

Grundlagen des Denkens und Sprechens, der Wahrnehmung, der Welterkenntnis. Man muss wissen, was es mit dem Hemisphärenshift, also der Lateralisation des Gehirns, mit dem Corpus callosum, dem Broca-Areal oder Wernicke-Zentrum auf sich hat, mit dem limbischen System, der Amygdala, den Neurotransmittern …

B: … hä? …

A: … google es später einfach nach. Und wenn man bedenkt, dass nichts unsere Kenntnisse und Erkenntnisse über diese Welt so sehr befördert hat wie eben die modernen Naturwissenschaften, dann ist oder sollte eigentlich klar sein, dass genau diese Naturwissenschaften der primäre Gegenstand der Untersuchung der Erkenntnistheorie sind. Wie ist dieser Erfolg der Naturwissenschaften zu erklären? Welche Methodiken haben dazu geführt? Das ist der Grund, warum ich mich seit über dreißig Jahren auch mit den Naturwissenschaften als Erkenntnisobjekten beschäftige – und an erster Stelle mit der Physik, der härtesten und erfolgreichsten aller Wissenschaften. Genau sie ist also mein primärer Untersuchungsgegenstand …

B: … so genau war mir das auch noch nicht klar …

A: … wie so vielen nicht. Und genau das musste ich in der Coronakrise bitter erfahren – womit wir endlich beim Hauptthema wären. Um es so zu sagen: Ich habe gleich vier Freunde verloren in dieser Zeit. Und meine These ist: Hätten die gute Kenntnisse von meiner Arbeit als Erkenntnistheoretiker und Naturphilosoph gehabt, hätten sie nicht die Berge von Dreck über mich ausgeschüttet …

B: … sondern?

A: … sondern vielleicht einfach mal vorsichtig nachgefragt, wie ich zu meinen Thesen, die sich in Nachhinein fast durch die Reihe als richtig herausgestellt haben, gekommen bin. Aber stattdessen wurde meine Kompetenz infrage gestellt. Auf die musste ich dann peinlicherweise eingehen – gezwungenermaßen sozusagen. Sagen, erläutern, woran ich seit Jahrzehnten arbeite. Davor, siehe oben, habe ich vierzig Jahre eisern geschwiegen zu dieser Thematik. Einer der Vorwürfe war zum Beispiel: Ich sei doch gar kein Virologe …

B: … aber die besagten vier ehemaligen Freunde waren doch bestimmt Virologen, die fachkompetent Deine Thesen beurteilen konnten – oder etwa nicht?

A: Ich liebe Deinen Sarkasmus. Nein, sie – und nicht nur sie, sondern Heerscharen von Menschen in Bekannten- und Freundeskreisen, in den Medien und gar in der sogenannten Expertenwelt – offenbarten eine naturwissenschaftliche Nichtbildung, die mich zutiefst erschüttert hat, fassungslos machte. Nimm doch nur die Maskenfrage …

B: … aber das ist doch Schnee von gestern!

A: Wie gerne würde ich Dir Recht geben. Ich wurde nicht nur zu Beginn und im Verlauf der Coronakrise mit Dreck beworfen, sondern auch noch nach der offiziellen Verkündung ihres Endes …

B: … wie und warum denn das?

A: Als Anfang April dieses Jahres Bundesgesundheitsminister Lauterkrach …

B: … sehr nett …

A: … das Ende der Coronapandemie verkündete und damit das Ende aller Schutzmaßnahmen, wurde selbstkritisch festgestellt, welche dieser Maßnahmen sich als falsch herausgestellt haben. Und das waren, wie offiziell nachzulesen, exakt jene Maßnahmen, die ich – neben der Unterlassung anderer, wirksamer Maßnahmen wie den schnellstmöglichen Einbau von mobilen Luftfiltern in allen öffentlichen Gebäuden, speziell Schulen – von Anfang an kritisiert habe. Ich zitiere mal aus der offiziellen Berichterstattung darüber, was nun offiziell als falsch gilt: „Kita- und Schulschließungen, wiederholte Lockdowns, Ausgangssperren, Maskenpflicht draußen, Demoverbot, strenge Isolation alter Menschen" – Zitat Ende.

B: Du hast leere Hände und auch nichts auf dem Tisch hier liegen – hattest Du dieses Zitat auswendig im Kopf?

A: Ja, klar. Es ging und geht ja um viel. Vier ehemalige Freunde immerhin. Auf jeden Fall: Glaube mal nicht, dass sich besagte ehemalige Freunde bei mir gemeldet und sich bei mir entschuldigt hätten. In zwei Fällen wurde ich sogar noch zusätzlich mit Dreck beworfen – jetzt war ich auch noch ein „erbärmlicher Besserwisser" und „Rechthaber". Eine – inzwischen ehemalige – Urlaubsbekanntschaft …

B: … schon Loriot meinte, dass das mit Urlaubsbekannt-schaften in der Regel nix wird …

A: … ja, ja, aber hier geht es um mehr als um einen Kosa-kenzipfel. Also, besagte Urlaubsbekanntschaft meinte so-gar, mein Verweis auf das oben Zitierte, das nun sozusa-gen offizieller Stand von Wissenschaft und Gesundheits-politik ist – was ich aber, schwarz auf weiß nachlesbar, schon von Anfang an gesagt und kritisiert hatte – sei „Nar-zissmus hoch zehn" …

B: … also wieder „Argumentation" ad personam, weil man unfähig ist, inhaltlich zu argumentieren. Daraus wür-de ich mir nichts machen. Die Welt wird erst dann eine menschliche und vernünftige sein, wenn die Zahl der er-bärmlichen Schlechterwisser, Nichtswisser und Unrecht-haber gegen null tendiert …

A: … und vor allem der offenbaren Lügner, Denunzianten und Wadenbeißer …

B: … Beispiel?

A: Einer der Unglorreichen Vier – und zwar ein zumindest im politisch-ökonomischen Bereich formal hochgebildeter Mensch, diesbezüglich also eine Ausnahme – hatte mir während der Coronakrise vorgeworfen, ich lebe informa-tionstechnisch in einer „Blase", einer kleinen „Echokam-mer", in der nur Gleichgesinnte seien, die sich gegenseitig die Bälle zuwerfen, sich gegenseitig bestätigen und zitie-ren. Am Schluss fiel sogar noch vorwurfsvoll das Wort

„selbstreferenziell" – am Schluss war ich nach Meinung dieses Denunzianten also nur noch ganz alleine in dieser Echokammer, las sozusagen nur noch meine eigenen Texte …

B: … das ist doch nur noch grotesk, absurd! Ich kenne keine schlimmere Leseratte, kein heftigeres Arbeitstier als Dich …

A: … ich, ehrlich gesagt, auch nicht. Während der drei Jahre der Pandemie habe ich Hunderte von Fachartikeln zum Thema SARS-CoV-2 und COVID-19 gelesen und wohl Tausende von Berichten in der Presse, in den Medien. Und ich weiß nicht, wie viele Fachartikel ich in den letzten dreißig Jahren zu den Themen Virologie, Bakteriologie, Immunologie, Epidemiologie et cetera gelesen habe in meinen Fachzeitschriften …

B: … wie viele hast Du noch im Abo?

A: Sechs, drei politisch-ökonomisch-sozialwissenschaftliche und drei naturwissenschaftliche …

B: … nochmals, das ist alles so grotesk – das würde mir alles links am Arsch vorbeigehen …

A: … dass Du vier Freunde verlierst?

B: … okay, das vielleicht nicht, aber …

A: … jetzt machst Du eine große Pause …

B: … stimmt, aber ich überlege gerade, was das alles mit Deinem Schwur zu tun hat. Nur weil vier Deiner ehemaligen Freunde Dich beleidigt und denunziert haben, musst Du doch nicht gleich Deinen Schwur brechen, niemals zum Klassenverräter zu werden – vier sind vier, nicht eine ganze Klasse. Geht es nicht darum?

A: Ja, darum geht es. Aber bedenke, dass der Verlust dieser vier Freunde nur – „nur" – der Gipfelpunkt einer Entwicklung, einer Entfremdungsgeschichte ist, die inzwischen über vierzig Jahre andauert. Ich komme mir mehr und mehr vor wie ein, wie soll ich sagen …

B: … Rufer in der Wüste?

A: Das auch. Aber damit könnte ich leben. Ich komme mir eher vor wie einer, der mit dem Menschheitswissen des Jahres 2023 ins Mittelalter rückversetzt wird und überlegt, wie er dieses Wissen den Menschen von damals vermitteln könnte …

B: … Martin Luther die Funktionsprinzipien und wissenschaftlichen Grundlagen eines Smartphones erklären? Ha!

A: Lach‘ nicht …

B: … aber natürlich lache ich, muss ich lachen, weil das lächerlich ist. Du hättest nicht den Hauch einer Chance, Dein Wissen zu vermitteln. Und würdest Du es doch versuchen, fändest Du Dich schnell wieder im Irrenhaus – oder gleich auf dem Scheiterhaufen …

A: … auf jeden Fall in kompletter sozialer Isolation …

B: …

A: Du siehst so nachdenklich aus …

B: …

A: Na?

B: Ich glaube, jetzt habe ich begriffen, worauf Du hinauswolltest, was Du mir sagen, vermitteln wolltest – komplette soziale Isolation …

A: Du musst das Brechen des Schwures nicht im Sinne eines Spektakels begreifen – so, wie wenn ich all meinen Freunden und Freundinnen in einem finalen Rundschreiben die Freundschaft kündigen würde. Mit lautem Knall. So läuft das nicht – so läuft das nie. Auch nicht bei Oberst Redl oder in analogen Fällen, die sich in der Weltliteratur und im realen Leben zuhauf finden. Es läuft in der Regel so, dass man die Kontakte nach „Unten“ einfach einschlafen lässt …

B: … was Du nie getan hast. Du warst ja sogar der, der so aktiv daran gearbeitet hat, dass diese Kontakte bleiben, wie kein Zweiter. Die ganzen Städteurlaube mit Deiner übers ganze Land verstreuten Sandkastenclique hast doch durch die Reihe immer Du organisiert – damit man sich

zumindest ein Mal im Jahr sieht und die Freundschaft gepflegt und erhalten bleibt ...

A: ... stimmt. Aber die Entfremdung ist einfach da. Und
sie wird immer größer. Nicht gegenüber allen Freunden
und Freundinnen – es gibt, wie gesagt, zum Glück noch
vorletzte und letzte Mohikaner wie Dich. Aber grundsätzlich erlebe ich diese Entfremdung immer wieder, immer
öfter, immer intensiver – bis hin zu dieser erbärmlichen
Geschichte mit den vier Unglorreichen in der Coronazeit.
Das waren anfänglich und sind bis heute oft nur ganz
kleine, unscheinbare Vorkommnisse, die jedoch in ihrer
Summe, ihrer Kumulation, sozusagen Mosaikstein für
Mosaikstein, eine Mauer aufgebaut haben ...

B: ... zum Beispiel?

A: Das Generalbeispiel ist: Ich sitze mit Freunden am
Biertisch und es kommt irgendeine Diskussion auf zu einem Thema, zu dem ich seit langen Jahre selbst wissenschaftlich arbeite. Und ich sitze da und – schweige. Mal
wieder. Und wundere mich mal wieder: Warum fragen die
mich nicht einfach? Nun, sie fragen nicht, weil niemand
der Anwesenden weiß, dass einer am Tisch sitzt, der sich
zur infrage stehenden Thematik gut, oft sehr gut auskennt.
Ein schönes Beispiel, das erst neulich passierte, ist etwa:
Ich sitze mit einer Freundin zum Sundowner am Meer ...

B: ... welchem?

A: Das sage ich nicht. Ich möchte, dass das alles anonymisiert bleibt. Nicht rekonstruierbar. Niemand soll hier
persönlich angeschwärzt werden ...

B: ... aber die durften Dich anschwärzen ...

A: ... aber das haben eben nicht alle getan!

B: Dann kann ich mich nur wiederholen, dass es keinen
Grund gibt, gleich Deine ganze Klasse zu verraten ...

A: Ja, aber zurück zum Beispiel. Wir saßen also am Meer
und sahen direkt nach Westen. Sie Sonne sollte bald direkt
im Meer untergehen ...

B: … hinterm Meer …

A: Ja, klar, aber wir wollen jetzt mal nicht strenger als der Papst sein. Auf jeden Fall: Irgendwann fragte mich meine Freundin, wie das denn noch mal sei: Wandere die Sonne in den nächsten Tagen weiter nach „rechts", also Richtung Norden, oder nach „links", also Richtung Süden. Und warum die Sonne, besser: der Sonnenuntergangspunkt denn überhaupt wandere, das hätte sie noch nie so richtig begriffen. Sommer und Winter seien doch vom Abstand der Erde zur Sonne abhängig – und wie käme da das Wandern zustande?

   Nun, ich erklärte meiner Freundin, dass die Jahreszeiten nichts mit dem absoluten Abstand der Erde zur Sonne zu tun hätten. Die Umlaufbahn der Erde um die Sonne sei zwar kein idealer Kreis, aber nur ganz minimal eine Ellipse – das heißt, dieser Abstand, der Radius der Kreis- bzw. Ellipsenbahn, schwanke nur ganz minimal um circa 150 Millionen Kilometer. Der Wechsel der Jahreszeiten und damit die relative, wahrgenommene Wanderung der Sonnenuntergangspunkte von Süden nach Norden oder umgekehrt sei vielmehr verursacht durch die Neigung der Erdachse um knapp 23,5 Grad – relativ zur Ekliptik, also der gedachten Bahnebene, aufgespannt durch die Wanderung der Erde um die Sonne. Im Winter auf der Nordhalbkugel ist die Nordhalbkugel der Sonne abgeneigt – und zwar am Tag der Wintersonnenwende am meisten. Wenn die Erde dann weiterwandert, ist die Nordhalbkugel ein halbes Jahr später, bei der Sommersonnenwende, der Sonne maximal zugeneigt. Es herrscht dann also Sommer auf der Nordhalbkugel – und auf der abgeneigten Südhalbkugel Winter …

B: … schön erklärt. Aber was passierte denn dann?

A: Nun, meine Freundin – wir kennen uns, wohl gemerkt, seit Jahrzehnten – guckte mich immer größer an und fragte dann ganz erstaunt und unverhofft, woher ich denn das alles so genau wisse? Ich hätte doch „Politik oder so" studiert …

B: … sehr nett. Ich verstehe …

A: Ja, das ist es eben. Und das ist nur ein eher nettes, amüsantes Beispiel. Aber es zeigt eben, dass meine Freundin nicht wusste, wer ich eigentlich bin, was ich eigentlich mache – nach Jahrzehnten …

B: … schon merkwürdig …

A: … ja. Sie hatte einfach absolut keine Vorstellung davon, was man als Erkenntnistheoretiker und Naturphilosoph heutzutage so macht. Ja, sie schien noch nicht mal zu wissen, dass ich Erkenntnistheoretiker und Naturphilosoph bin …

B: … ja, irgendwie lustig, aber auch irgendwie deprimierend. Dich zu fragen, warum Du Dich denn so gut in der Himmelsmechanik auskennst – das wäre ungefähr so, wie wenn man einen Motorenkonstrukteur bei BMW fragen würde, warum er sich denn so gut mit Zündkerzen auskennt …

A: … das ist jetzt stark übertrieben, ich bin ja kein studierter Astronom, der Motorenkonstrukteur bei BMW aber bestimmt studierter Ingenieur. Jedoch zumindest gleichnishaft könnte man es so ausdrücken. Aber …

B: … aber?

A: …

B: … aber?

A: Manchmal denke ich, während ich spreche, und ich spreche, während ich denke …

B: Das soll in den besten Familien vorkommen.

A: Ich mag besagte Freundin sehr. Sie ist ein sehr netter, sehr freundlicher, auch sehr humorvoller Mensch. Ich würde es nie übers Herz bringen, ihr die Freundschaft aufzukündigen. Und vielen anderen meiner engsten Freundinnen und Freunden auch nicht. Also meinen Schwur zu brechen. Aber …

B: … schon wieder so eine lange Pause …

A: Aber oft könnte ich sie alle – auch einfach nur erwürgen …

B: … auch das soll in den besten Familien vorkommen! Was meinst Du, wie oft ich damals drauf und dran war, meine quakenden Quälgeister an die Wand zu kla…

A: … na! So was darf man nur denken …

B: Klar, meine Kinder musste ich nie von der Wand kratzen, sie leben bis heute – und ich liebe sie über alles …

A: Habermas sagte mal, die Menschheit stecke in ihrer Adoleszenzkrise. Wir sind oder wären also umgeben von Halbstarken, noch nicht richtig erwachsenen, mündigen, vernünftigen Menschen …

B: … das ist noch sehr diplomatisch formuliert …

A: … eben! Habermas formulierte die These der Adoleszenzkrise der Menschheit vor gut vierzig Jahren. Hätte er damals schon gewusst oder auch nur erahnt, welche selbst verursachten Krisen noch über die Menschheit kommen würden …

B: … die derzeitige Hyperkrise haben wir eingangs angesprochen …

A: … genau, dann hätte er wohl eher von der Menschheit als einem gigantischen Kindergarten gesprochen …

B: … wie Du seit Jahren, sei mal nicht so bescheiden …

A: … statt nur von einer bald acht Milliarden Köpfe zählenden Horde von Halbstarken …

B: Der Bruch Deines Schwurs – ich weiß nicht, das wäre doch irgendwie unlogisch, würde, könnte man sagen, Dein gesamtes Leben auf den Kopf stellen, Dein Lebenswerk entwerten. Du würdest es eigentlich – wegwerfen. Für wen hast Du denn Deine „Ökologisch-humane Wirtschaftsdemokratie", im Modell zwei Bände stark und 1.300 Seiten dick, entwickelt, wenn nicht für diese Horden von Halbstarken, für diesen gigantischen Kindergarten, genannt Menschheit – auf dass die Menschheit vernünftiger, er-

wachsener, mündiger werde? Du kanntest Habermas'
These doch schon damals, hast sie doch schon damals als
völlig richtig eingeschätzt.

A: Das tue ich noch heute. Und Du hast Recht. Der Bruch
meines Schwurs wäre wie das Vernichten, Schreddern,
Wegwerfen meiner eigenen Bücher. Okay. Ich bin Humanist. Und ich bleibe Humanist – trotz der Menschen …

B: Das ist doch mal ein schönes Schlusswort.

A: Ich habe auch lange daran gearbeitet. Aber nicht vergessen: Hier ist alles zusammengeschnippelt. Du und ich.
A und B. Könnte auch alles erstunken und erlogen sein,
geschönt, dramatisiert, übertrieben, untertrieben, frei erfunden. Vielleicht gibt es A und B gar nicht. Maximal als
Schlachter und BWL-Student.

B: Na, jetzt mach mal halblang!

A: Tut mir übrigens leid, Dir mit diesem ganzen Mist die
Ohren vollgeredet zu haben. Bist ja kaum zu Wort gekommen.

B: Das macht gar nichts. Es ist einfach ein sehr wichtiges
Thema für Dich – und nicht nur für Dich. Das Thema ist,
wie wir eingangs schon festgestellt haben, nicht umsonst
immer wieder Gegenstand der Weltliteratur und der Cineastik. Und der Sozialwissenschaften. Beim nächsten Treffen bin halt ich mal dran. Hihi …

A: Was lachst Du?

B: Dann werde ich Dich zurechtschnippeln. Wie es mir
passt. Du weißt doch: Nicht selten haben sich Kreaturen –
wie ein Deus ex machina – gegen ihre Schöpfer gestellt,
sie herausgefordert, übertrumpft, was auch immer. Die
Geister, die sie riefen …

A: …

B: Du siehst plötzlich so bleich aus?

Von Egbert Scheunemann sind im BOD-Verlag auch folgende Bücher erschienen:

Über uns wird die Kellerwohnung frei. Kurzgeschichten, Erzählungen, Anekdoten, Hamburg-Norderstedt 2022, ISBN: 9783755768463, 116 Seiten

Vom Anfang und vom Ende. Erzählungen, Kurzgeschichten, Dialoge, Hamburg-Norderstedt 2019, ISBN 9783748157939

Trilogie des Scheiterns. Drei Erzählungen, Kurzgeschichten, was auch immer, Hamburg-Norderstedt 2015, ISBN 9783734746659

Griechenland als Exempel – oder als der Fluch des Neoliberalismus über die Menschen kam, Hamburg-Norderstedt 2014, ISBN 9783735759832

Rebellen auf Kreta. Eine ungewöhnliche Reise durch Kretas Geschichte, Sprache und Landschaften. Ein Buch über Freundschaft, wildes Denken und wundersame Erlebnisse, Hamburg-Norderstedt, 5., leicht korrigierte und aktualisierte Auflage 2022 (1. Auflage 2007), ISBN 978-3-8370-0553-0

Die Entdeckung der Hölle, Roman, Hamburg-Norderstedt, 2. Auflage 2009 (1. Auflage 2008), ISBN 978-3-8370-4295-5

Irrte Einstein? Skeptische Gedanken zur Relativitätstheorie – (fast immer) allgemeinverständlich formuliert, Hamburg-Norderstedt 2008, ISBN 978-3-8370-4249-8

Vom Denken der Natur. Natur und Gesellschaft bei Habermas. Vollständig überarbeitete und stark erweiterte Neuausgabe 2008, Hamburg-Norderstedt 2008, ISBN 978-3-8370-2722-8

––––––––––––––––

Wenn Sie mir schreiben wollen:
mail@egbert-scheunemann.de